TRE CASI
PER L'INVESTIGATORE
WICKSON ALIENI

Dello stesso autore presso Bompiani

Salviamo Firenze
Fa' che questa strada non finisca mai
Le cose semplici

Realizzazione grafica: Zungdesign

www.giunti.it
www.bompiani.eu

© 2018 Giunti Editore S.p.A./Bompiani
Via Bolognese 165 - 50139 Firenze - Italia
Piazza Virgilio 4 - 20123 Milano - Italia

ISBN 978-88-452-9353-5

Prima edizione: marzo 2018

LUCA DONINELLI
TRE CASI
PER L'INVESTIGATORE
WICKSON ALIENI

Illustrazioni di Nicole Donaldson

BOMPIANI

Filippo

Wickson
Allieni

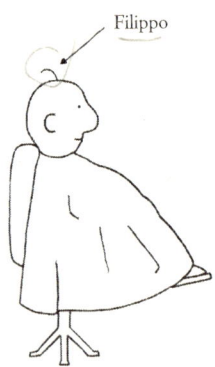

Frank
Fellikke

Milton
Bobbitt

Roger
T.L.L.

Personaggi e interpreti

Anjelica
Russell

Lady
Diamantina

Lin
Plin Plo

Geltrudetto
Drudrén

La signora
Gialtruda

Presentazione:
chi è Wickson Alieni

Siccome Wickson Alieni è un tipo veramente particolare, prima di raccontare alcune delle sue storie devo presentarvelo un po'.

Dunque.

Che cos'ha di così particolare Wickson Alieni?

Adesso ve lo dico, ma voi fate bene attenzione alla risposta.

Attenzione, dunque: la risposta è questa:

WICKSON ALIENI NON HA NIENTE DI PARTICOLARE.

Ma proprio niente, niente, niente.

Qualcuno di voi dirà: "Be'? Che c'è di strano? Nemmeno io ho niente di particolare."

E invece è proprio qui che vi sbagliate: tutti noi, infatti, abbiamo qualcosa di particolare, magari una cosina piccolissima. È impossibile non avere niente di particolare.

Uno magari è un genio in matematica.

Un altro gioca bene a figurine.

Un altro ha un neo vicino all'ombelico.

Un altro ancora si macchia sempre col sugo di pomodoro.

A un altro piace guardare le automobili che passano sulla strada.

Un altro ancora somiglia a qualcuno, oppure non somiglia a nessuno: in ogni caso sono particolarità: Tizio ha la particolarità di somigliare a suo zio, Caio ha la particolarità di non somigliare a nessuno.

C'è gente che non sa fare praticamente nulla: eppure anche questa è una cosa particolare.

Solo Wickson Alieni non ha niente di particolare, ma così niente che più niente di così non si può.

È così normale, ma così normale da essere diventato addirittura invisibile!

Sì, amici miei: Wickson Alieni è invisibile. O meglio: non è proprio invisibile, ma è così normale che non lo guarda mai nessuno. Ma proprio mai, mai, mai, mai. E siccome di mestiere fa l'investigatore, ecco che risolve un mucchio di casi difficili proprio perché nessuno lo guarda, nel senso che mentre gli altri guardano da qualche altra parte, lui risolve i casi.

Il commissario di Londra, Mr. Frank Fellikke, è molto contento di avere come alleato un tipo come Wickson Alieni, che scopre tutti i banditi, anche perché lui – voglio dire il commissario – non lavora mai!

E perché non lavora mai?

Perché deve andare dal barbiere.

E perché deve andare dal barbiere?

Perché ha un problema di capelli.

Anzi, per essere precisi il commissario Frank Fellikke di capello ne ha uno solo, che ha anche un nome: si chiama Filippo. Il commissario sta tutto il giorno, tutti i giorni della settimana, tutte le settimane del mese e tutti i mesi dell'anno da questo barbiere, che in vita sua ha sempre tagliato pettinato lavato asciugato tinto un solo capello, che non ha mai visto nessun altro capello (lui infatti è pelato) e forse non vedrà mai un altro capello in vita sua. O forse sì, chissà.

9

Quando, la mattina, il commissario arriva da lui, lui saluta così:

"'ngiorno commissario. 'ngiorno Filippo."

Bisogna dire che Filippo, il capello, ha un bel caratterino tutto suo. A volte, quando si sente offeso, se ne va, e così al commissario, rimasto completamente pelato, non resta che implorarlo in ginocchio: "*Ti prego, Filippuccio caro, torna da me, torna dal tuo papi!*" E Filippo torna, naturalmente, cioè rispunta in mezzo alla crapa del commissario, però non subito. Prima si vuole divertire un po', e la cosa che lo diverte di più è vedere il commissario piangere.

In poche parole, Wickson Alieni è l'uomo più normale del mondo in un mondo dove di normale non c'è niente. E grazie alla sua eccezionale normalità sconfigge i malviventi.

A proposito: chi sono i malviventi?

I malviventi sono tantissimi, ma due sono i capi:

- Milton Bobbitt, la mente, l'uomo-dalla-testa-a-pera;
- Roger T.L.L., l'uomo che ha 364 denti, ossia uno in meno dei giorni dell'anno (ed è sempre arrabbiato per questo).

Milton e Roger rubano tutto, e questo tutto lo rubano agli Inglesi. Essi sono, perciò, dei nemici dell'Inghilterra, mentre Wickson Alieni è un amico dell'Inghilterra.

Quando Milton e Roger decidono di rubare qualcosa, prima di passare all'azione si chiedono: "La cosa che dobbiamo rubare è abbastanza inglese?"

Una volta, per esempio, volevano rubare la cioccolata, ma poi si sono detti: "La cioccolata non è inglese, è svizzera."

Così non l'hanno rubata.

Voi vi chiederete: perché fanno così?

La risposta è: boh!

Un'altra caratteristica di Wickson Alieni è quella di stare sempre a destra, anzi: sempre un po' più a destra. Questa è un'altra ragione per cui nessuno riesce a vederlo: lui sta sempre un po' più a destra. Voi potete guardare a destra finché volete, ma lui sarà sempre ancora più a destra. Questo è un mistero, e non ci si può fare niente.

Un altro mistero è quello degli armadi. In questo libro non si parlerà mai del mistero degli armadi, ma qui voglio parlarvene lo stesso.

Wickson Alieni non si nasconde mai negli armadi che ci sono, ma solo in quelli che non ci sono. Se voi entrate in una stanza e in quella stanza (ad esempio il bagno) non c'è un armadio, allora potete stare certi che lì c'è Wickson Alieni. Non solo: se in una stanza c'è un armadio, voi non dovete dire qui non c'è Wickson Alieni. No, dovete aprirlo e guardarci dentro: se dentro l'armadio c'è un altro armadio, allora Wickson Alieni non c'è; ma se dentro all'armadio non c'è nessun armadio, allora nell'armadio che non c'è c'è Wickson Alieni.

Avete capito?

No?

Nemmeno io.

Ci sono poi altri misteri, che però non vi voglio anticipare. Si può dire che questo libro è tutto fatto di misteri inspiegabili, ma così tanti che si accavallano uno sull'altro.

Prima di cominciare a raccontare le storie, voglio ancora ricordarvi che:

– Wickson Alieni ha una fidanzata bellissima, anche se non l'ha mai visto. È inglese e si chiama Anjelica Russell. Wickson prima di lei aveva un'altra fidanzata, anche lei bellissima, una brasiliana di nome Florizilda Balança França. Ve l'ho detto solo perché mi piace scrivere il suo nome, visto che non ne parleremo mai.

– Gli unici esseri al mondo capaci di vedere Wickson Alieni sono Lin Plin Plo e Geltrudetto Drudrén. Ma c'è un problema: Lin Plin Plo è cinese e non vuole mai muoversi dalla Cina, perché deve curare il suo orto e per altre due ragioni che vi dirò dopo perché adesso non ne ho voglia; Geltrudetto Drudrén, invece, non è nemmeno un essere umano, è un topo (anzi, per la precisione è un lurido topastro di fogna). Geltrudetto è molto intelligente e anche se è lurido crede di essere pulito: infatti si fa sempre il bagno (nelle pozzanghere).

Cos'altro mi resta da dire?

Ah sì.

Come vedrete, tutte le storie di Wickson Alieni cominciano e finiscono nello stesso modo. La ragione è molto semplice: quelle che state per leggere sono storie inglesi, e gli Inglesi sono molto abitudinari.

E poi c'è un'altra ragione, che è troppo misteriosa e non ve la posso dire.

Anzi, non la so nemmeno io.

IL FURTO DELLE NUVOLE

Nella notte di Londra, nel mese di novembre, in mezzo alla nebbia, lungo una strada di periferia male illuminata si odono dei passi – toc... toc... toc... – ma non si vede nessuno.

Chi è?

WICKSON ALIENI!

Il piano diabolico di Milton Bobbitt

In una lurida osteria, nella saletta dei biliardi, si stava svolgendo una riunione dei peggiori malviventi di Londra, capeggiati dal terribile Milton Bobbitt e dal famigerato Roger T.L.L., l'uomo più dentato del mondo.

"R!r!r!r!" rideva Roger T.L.L. "Quel mammalucco di Wickson Alieni non scoprirà mai questo posto, perciò non immagina che razza di piano abbiamo escogitato."

"Non è esatto, Roger," lo corresse Milton Bobbitt, che grazie alla sua testa a super-pera si considerava il capo assoluto. "Sono io che ho escogitato il piano."

"D'accordo, Milton," disse Roger. "Hai ragione tu. Però anch'io sono un po' capo."

"E perché?"

"Perché sono io che ho detto: *hai ragione tu*. L'ho deciso io, quindi sono un capo."

"Certo," disse Milton. "D'ora in poi tu avrai il potere di dire che ho ragione io. Contento?"

"R!r!r!r!" disse Roger, tutto contento.

"E adesso, ragazzi," riprese Milton, "ricapitoliamo tutto."

Ma proprio nel momento in cui stavano per ricapitolare tutto si aprì la porta ed entrò Wickson Alieni.

"La porta!" gridò uno dei malviventi. "Qui entra uno spiffero bestiale!"

Wickson andò a sedersi in prima fila, ma siccome nessuno guardava mai Wickson Alieni, nessuno lo guardò nemmeno quella volta. Se ne stava lì davanti a tutti, svaccato sulla sedia, e nessuno lo guardava. Fece anche un rutto.

"Chi è quel maiale?" gridò Milton.

"Sono io." disse Wickson.

"Ah, sei tu, va be'," disse Milton, sempre senza degnarlo di un'occhiata.

"Ah, se Wickson sapesse! R!r!r!r!" rise di nuovo Roger T.L.L.

"Ma Wickson non sa!" disse Milton Bobbitt.

18

Invece Wickson era là, tranquillo e beato, a non più di un metro di distanza. Ma loro non lo guardavano, e per questo non lo vedevano.

"Ruberemo le nuvole di Londra," disse Milton Bobbitt con gli occhi che gli luccicavano per la gioia. "Le ruberemo tutte. Londra resterà completamente senza nuvole."

Allora Wickson domandò: "Perché volete rubare le nuvole di Londra?"

"Uffa," disse Milton. "Questo ve l'ho già detto e ripetuto. Senza le nuvole non c'è pioggia, e senza pioggia gli ombrelli non servono. Giusto?"

"Giusto!" rispose il coretto dei malviventi.

"E allora?" domandò Wickson.

"E allora, caro il mio babbeo, gli Inglesi non sapranno più di cosa parlare, perché gli Inglesi, come tutti sanno, parlano solo del tempo che fa. E poi loro non possono uscire di casa senza l'ombrello. A quel punto ne vedremo delle belle. E allora," tuonò Milton Bobbitt. "Avete capito tutti quello che dovete fare? Tu, Smilzone, cosa devi fare?"

"Farmi trovare con l'aereo all'ora X nel posto Y," rispose lo Smilzone.

"Bravo. E tu, Grassino, cosa devi fare?"

"Montare il macchinone sull'aereo," rispose il Grassino.

"Che cos'è il macchinone?" chiese gentilmente Wickson.

"Insomma, babbeo, non ti ricordi nulla," disse Milton, continuando a non guardarlo. "È la macchina ruba-nuvole inventata dal professor Corbus."

"Ok," disse Wickson Alieni. Si alzò e, senza essere guardato da nessuno, uscì.

"La porta!" gridarono i due malviventi. "Qui c'è un'aria tremenda, e nessuno chiude mai le porte!"

Una sola telefonata,
un solo commissario, un solo capello

La mattina dopo, Wickson Alieni telefonò al commissario Frank Fellikke. Come sempre, il commissario si trovava dal barbiere per farsi pettinare il suo unico capello, di nome Filippo.

"Buono, Filippo," diceva il barbiere "che lo zio ti pettina…"

Questo povero barbiere bisogna capirlo: per tutta la sua vita aveva avuto un solo cliente (il commissario) che aveva un solo capello. Perciò per tutta la vita lui aveva tagliato, pettinato, tinto, imbrillantinato sempre e solo quell'unico capello. Alla fine l'aveva chiamato Filippo, e credeva di essere suo zio. A parte questo, credo che fosse un bravo barbiere.

DRRRIIINNNN! disse il telefono.

Bisogna sapere che non tutti i telefoni suonano quando a chiamare è Wickson Alieni. E sapete perché? Perché solo i telefoni che stanno a destra suonano – ma non tutti quelli che stanno a destra, no: solo quelli che stanno *molto, ma molto a destra*. Ora, si dà il caso che il barbiere avesse uno di quei telefoni.

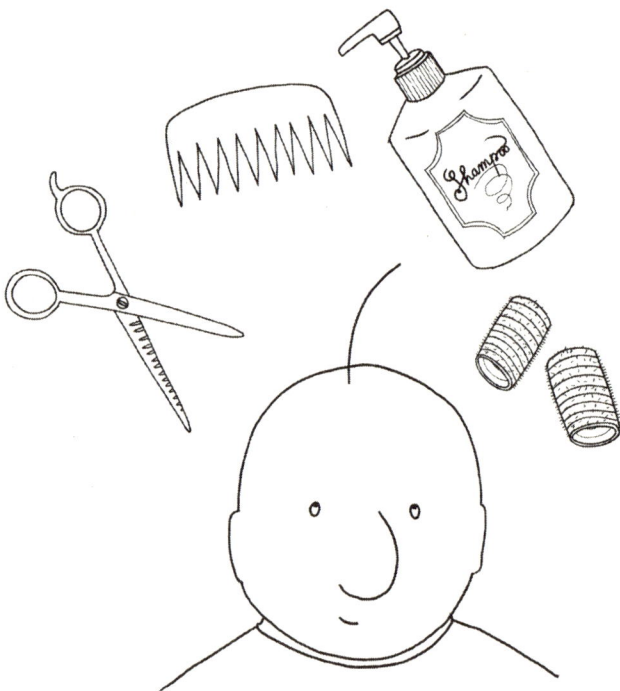

"È per lei, commissario," disse il barbiere.

"Chi mi disturba mentre mi faccio bello?" disse il commissario.

"Sono io, deficiente," disse Wickson Alieni.

"Spero che tu abbia buone notizie," disse il commissario, che era un tipo ottimista (per questo stava dal barbiere invece di andare a lavorare).

"Buone notizie un piffero!" disse Wickson. "Milton sta per compiere il furto del secolo."

"La banca nazionale?"

"No."

"Il tesoro della corona?"

"Acqua."

"La cattedrale di St. Paul?"

"Bubbole."

"E allora cosa?"

"Le nubi."

"Cooosa?! Vuoi dire le splendide nubi di Londra? Il leggendario fumo di Londra? Il nostro amato smog? La nostra meravigliosa caligine? La nostra adorata nebbia? Oh, no…"

E si mise a piangere.

Ma il pianto durò tre o quattro secondi, non di più.

"Wickson!" ruggì il commissario.

"Che c'è?"

"Voglio che ti occupi tu del caso."

"Vabbè," disse Wickson, e riattaccò.

Come sempre, il commissario era riuscito ad appioppare a Wickson tutto il lavoro, mentre lui continuava a starsene dal barbiere.

La macchina del professor Corbus porta via tutte le nuvole, ma gli Inglesi insistono ad aprire l'ombrello

La mattina seguente un aereo nero si alzò in volo su Londra e cominciò ad aspirare le nuvole, e aspira aspira aspira, in un'oretta circa su tutta la città splendeva un sole smagliante e non si vedeva la minima traccia di nubi. Tutto ciò poté avvenire grazie all'acchiappanuvole, un'invenzione del professor Corbus. Si trattava di una scatola grande al massimo come una scatola da scarpe, che però poteva contenere tutte le nuvole di Londra grazie a un marchingegno molto complicato di cui non vi parlerò perché di queste cose non m'intendo.

Gli Inglesi, da parte loro, non si curarono molto di questo fatto strano e uscirono tutti di casa con l'ombrello.

A Londra infatti fin dalla notte dei tempi piove a orari regolari. La mattina c'è un acquazzone alle 8.25, poi una leggera pioggia alle 11.07, infine una bella pioggia alle 12.44. Gli Inglesi hanno tutti la bombetta, i baffi e, appunto, l'ombrello; inoltre portano tutti l'orologio, ma un orologio precisissimo, in modo da permettere loro di aprire l'ombrello al momento opportuno.

"Dovrebbero essere quasi le 8.25," dicono.

Allora cosa fanno? Consultano il loro orologio. Se sono le 8.25 aprono l'ombrello e subito, puntualmente, comincia a piovere. Grazie a questa puntualità – nota in tutto il mondo come *la tipica puntualità inglese* – si può dire che gli Inglesi non si becchino mai nemmeno una goccia d'acqua.

Se dunque vi trovate a Londra e vedete qualcuno che si bagna perché non ha l'ombrello, potete stare certi che è uno straniero.

Quel giorno, però, le cose andarono in modo diverso. Alle 8.25 tutti coloro che si trovavano per strada aprirono l'ombrello, ma stranamente il sole continuò a splendere. Dapprima nessuno vi fece caso, poi qualcuno cominciò ad accorgersene, e ci rimase male.

"Ehi!" disse quel qualcuno. "Sono già le 8.26

e ancora non piove. Che abbia l'orologio un po' indietro?"

Ma un altro signore gli indicò il Big Ben, il più famoso orologio di Londra. Anche il Big Ben segnava le 8.26 – anzi, nel frattempo erano già arrivate le 8.27.

"Mio caro," disse questo secondo signore. "A Londra il tempo è molto puntuale, e le 8.25 arrivano sempre alle 8.25."

"Perbacco," disse il primo signore – quello che aveva gridato. "Questo è vero. E sono già le 8.28, e ancora non piove, anzi, c'è ancora questo sole fastidioso."

"È uno scandalo!" gridarono alcuni.

"È una vergogna!" gridarono altri.

Gli Inglesi rivolevano la loro pioggia, ma la pioggia non veniva. Riprovarono ad aprire gli ombrelli alle 11.07, e poi anche alle 12.44. Ma fu tutto inutile. Per tutta la giornata non si vide una sola nuvola: il cielo era tutto azzurro, a parte quell'aeroplano nero che continuava a volteggiare per l'aria. Del resto, era molto in alto, e il suo rumore non dava fastidio a nessuno (Milton Bobbitt, infatti, è un ladro molto educato e signorile, un vero ladro inglese).

La mattina seguente c'era ancora il sole. Ma gli Inglesi sono gente sospettosa: se vedono che c'è il sole non dicono subito: *c'è il sole*. Eh no: non si deve arrivare così in fretta alle conclusioni. Il vero inglese accende la radio e ascolta le previsioni del tempo. Così fecero tutti gli abitanti di Londra. Ma poiché quelli che si occupavano del meteo erano anche loro Inglesi, le previsioni suonavano press'a poco così:

"Oggi su tutta l'Inghilterra e su Londra in particolare cielo molto nuvoloso con piogge agli orari stabiliti."

In realtà c'era un sole che spaccava i sassi, ma la radio aveva deciso che c'era un tempaccio, e così tutti uscirono ben coperti, con sciarpa e guanti di lana. Quando s'incontravano per strada, si dicevano l'un l'altro:

"Tempo da lupi, eh?"

Solo alle 8.25, quando aprirono l'ombrello e si accorsero che non pioveva, cominciarono a sospettare che qualcosa non andava. Ma siccome erano molto abitudinari, non si tolsero né sciarpa né guanti e continuarono lo stesso ad aprire l'ombrello alle solite ore.

Il giochetto durò ancora qualche giorno, poi

gli Inglesi si arresero – loro che non si sono mai arresi di fronte a nessun nemico. Sissignori, si arresero all'evidenza: loro volevano le nubi, e invece c'era il sole, il fastidioso maledettissimo sole, simile a un cavaliere con la spada sguainata (ma non un cavaliere inglese, però: diciamo francese, o addirittura spagnolo).

La signora Gialtruda e Geltrudetto

Wickson Alieni decise allora che era giunto il momento di agire.

Già. Ma come?

Wickson Alieni si grattò la testa.

Trovato! Si sarebbe rivolto alla signora Gialtruda.

Chi era la signora Gialtruda?

Era una signora molto grassa, sui sessant'anni, che abitava nel suo stesso palazzo.

In tutti i palazzi che si rispettino ci sono sempre una signora Ines e una signora Gialtruda. La signora Ines è quella che non ha mai niente. Ad esempio, voi avete bisogno di un po' di zucchero e siete rimasti senza. Allora andate dalla signora Ines a chiedergliene un po', ma lei vi risponde:

"Mi spiace, l'ho finito anch'io."

Di qualunque cosa abbiate bisogno, la signora Ines non ce l'ha mai, mai, mai. La signora Ines è anche quella che viene a chiedervi la roba in prestito e poi non ve la restituisce mai, mai, mai. Poi voi andate da lei a farvela restituire (ad esempio, un cacciavite):

"Mi scusi," dite voi, "potrei riavere il mio cacciavite?"

E lei: "Mi spiace, l'ho finito proprio oggi."

(Solo la signora Ines può *finire* un cacciavite. Voi sapete come si fa?)

La signora Gialtruda è l'esatto contrario della signora Ines. Non solo non viene a chiedervi mai niente, ma lei ha sempre tutto. Di qualunque cosa abbiate bisogno, lei ce l'ha.

"Signora Gialtruda, ho finito i biscotti."

E lei:

"Pronti, ecco i biscotti."

Oppure:

"Signora Gialtruda, non avrebbe mica una mitragliatrice?"

E lei:

"Come no?"

Oppure:

"Signora Gialtruda, avrei bisogno di un battello a vapore."

E lei:

"Ne ho giusto uno nel ripostiglio."

Ecco perché Wickson Alieni decise di rivolgersi alla signora Gialtruda. Il nostro eroe aveva un piano in testa.

Già. Ma come fare a rivolgersi alla signora Gialtruda?

Come sapete tutti, nessuno guarda mai Wickson Alieni.

Wickson Alieni si grattò di nuovo la testa.

Trovato!

Si sarebbe rivolto a Geltrudetto Drudrén.

Chi era Geltrudetto Drudrén?

Ve lo siete già dimenticati, eh?

Be', non spaventatevi: era un topo. Anzi, per dirla tutta era un topastro di fogna.

Ma non un topastro normale.

Era un topastro parlante.

Viveva in casa della signora Gialtruda, che gli aveva preparato un lettino e anche un piccolo salotto per quando voleva invitare gli amici a fare due chiacchiere.

Geltrudetto (che si chiamava così in onore

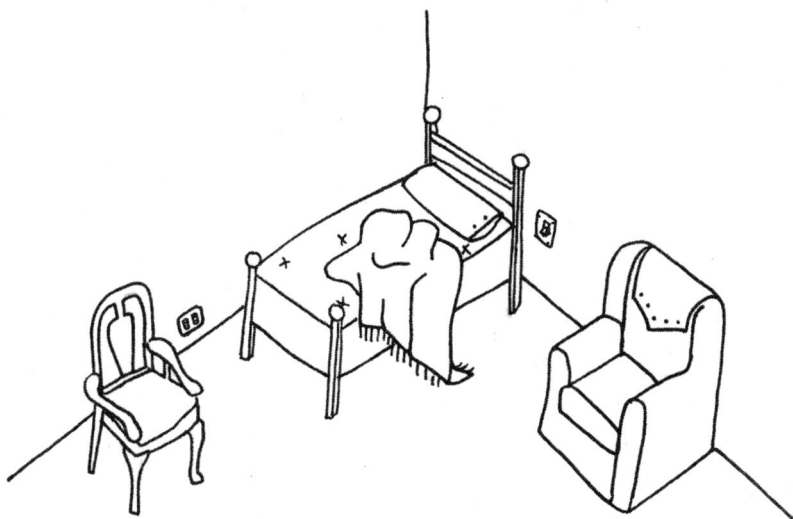

della sua padrona di casa) era uno dei pochi esseri viventi in grado di guardare Wickson Alieni. L'altro era quel cinese di nome Lin Plin Plo, che però se ne stava sempre in Cina, sia perché era cinese (e questo è già un buon motivo), sia perché non riusciva a capire come mai il Fiume Azzurro non era affatto azzurro mentre il Fiume Giallo era proprio giallo. Questo problema non lo faceva dormire.

E poi c'era, naturalmente, l'orto da accudire.

Wickson Alieni convocò Geltrudetto nel solito posto, cioè nel sottoscala.

"Geltrudetto," disse Wickson "devi farmi un favore."

"Quale?"

"Devi andare dalla signora Gialtruda e chiederle una cosa."

"Che cosa?"

"Una macchina che fabbrica le nuvole. Lei ha sempre tutto…"

Geltrudetto si grattò la testa.

"Uhm. Mi sembra di averla vista, quella macchina. Sì, sì… Adesso che ci penso quella macchina c'è, in casa… Ma io, in cambio, cosa avrò?"

Geltrudetto, come vedete, era un duro.

"Ti andrebbe una salsiccia?"

"Slurp," disse Geltrudetto. "Non si potrebbe fare due?"

"Grunt," disse Wickson. "Vada per le due salsicce."

E così, in cambio di due salsicce, Geltrudetto Drudrén andò dalla signora Gialtruda a farsi prestare la macchina per fabbricare le nuvole.

Cosa aveva in mente il nostro Wickson Alieni?

Wickson Alieni rifà le nuvole,
ma i problemi non finiscono mai

Wickson Alieni – detto anche Wick – aveva in mente di rifare le nuvole. Loro le rubavano? E lui ne avrebbe fatte delle altre.

Geltrudetto entrò nella casa della signora Gialtruda e le chiese se per piacere poteva prendere la macchina per fabbricare le nuvole.

"Ma certo," rispose la signora Gialtruda. "Basta che me la riporti."

Geltrudetto la prese (non era una macchina molto grossa) e se la caricò sulle spalle. Quando arrivò sull'uscio, si volse di nuovo verso la signora.

"Signora Gialtruda," le disse. "Mi tolga una curiosità. Come mai lei tiene in casa una macchina per fabbricare le nuvole?"

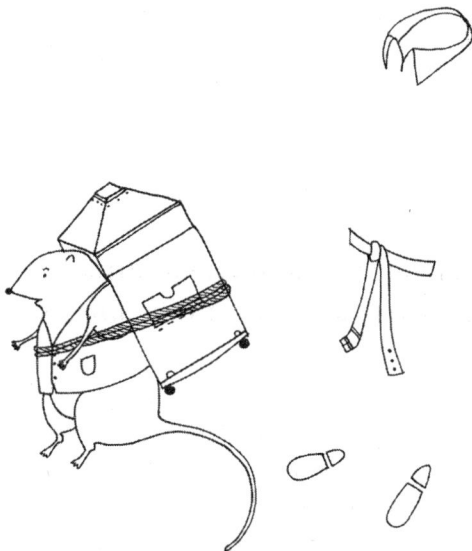

"Perché sono una vera Inglese," rispose la signora, "e un vero Inglese deve avere sempre delle nuvole di riserva."

"Come mai allora non l'ha usata lei?"

"Perché ho perso gli occhiali e non riesco a leggere il libretto delle istruzioni."

Dopo queste spiegazioni, Geltrudetto scese fino al sottoscala e consegnò la macchina a Wickson Alieni.

Così tutti i cittadini di Londra poterono vedere un topo che si dirigeva, con una scatola

sulle spalle, verso il centro di Londra, a Piccadilly Circus. In realtà, non c'era solo un topo,
c'era anche Wickson Alieni, ma nessuno lo
guardava, perciò nessuno lo vedeva.

Quando si trovarono in mezzo alla piazza,
Wickson lesse attentamente il libretto delle
istruzioni, poi fece partire la macchina, che faceva press'a poco questo rumore: "Trum-plef-
plef; trum-plef-plef; trum-plef-plef…"

Dalla macchina cominciarono a uscire molte nuvole, che si dirissero subito verso il centro del cielo, abbandonando così il centro di
Londra.

Il telefono del barbiere era tempestato di
chiamate.

"Commissario," dicevano alcuni, "stanno
tornando le nuvole!"

"Commissario," dicevano altri, "le nuvole
nascono a Piccadilly Circus!"

"Commissario," dicevano le donne, "c'è un
topo! Aiutoooo!"

Il commissario aveva deciso che quel giorno
il barbiere si chiamava Jackson, anche se non si
chiamava affatto così.

"Ehi, Jackson," disse il commissario. "Stamattina devi pettinare bene bene il mio capello. Sento che stavolta salverò Londra."

In realtà il commissario non sapeva bene quello che stava succedendo, però qualunque cosa fosse aveva la ferma intenzione di prendersi tutto il merito.

Perché il commissario Frank Fellikke è fatto così: non fa niente di niente, però vuole lui tutto il merito. Era così fin da quando era piccolo, e non è più cambiato.

Come fallì il piano diabolico
di Milton Bobbitt

Intanto la macchina continuava a produrre nuvole:

"Trum-plef-plef; trum-plef-plef; trum-plef-plef…"

Le nuvole, come detto, andavano nel centro del cielo, ma…

Eh sì, cari lettori: c'è un ma.

Wickson Alieni non aveva fatto bene i conti.

La macchina acchiappanuvole del professor Corbus era infatti potentissima. Così tutte le nuvole prodotte da Wickson Alieni non andavano a riempire il cielo, come avrebbero voluto, ma finirono dritte nell'aeroplano nero, che le aspirava tutte, una dopo l'altra.

Le nuvole partivano dal centro di Londra, andavano verso il centro del cielo, e nel centro del cielo c'era l'aereo di Milton Bobbitt e Roger T.L.L. che succhiava, succhiava nuvole a più non posso.

"Ah, ah, ah," diceva Milton Bobbitt.

"R!r!r!r!" diceva Roger T.L.L. con la sua formidabile bocca a 364 denti.

Vedendo che le cose non andavano come aveva sperato, Wickson Alieni decise di aumentare al massimo la potenza della sua macchina, che prima faceva "trum-plef-plef", mentre adesso cominciò a fare:

"Turutum-plef-plef; turutum-plef-plef; turutum-plef-plef…"

Allora anche Milton e Roger aumentarono la potenza della loro macchina.

"Nulla ci potrà fermare!" disse Milton.

"R!r!r!r!" disse Roger.

Le cose sembravano dunque mettersi bene per i due malfattori, ma…

Eh sì, ragazzi: c'è un altro ma. E che ma!

Nessuno sapeva ancora che c'era questo ma, tranne il professor Corbus, che da una finestra di Londra assisteva allo spettacolo.

Tutta Londra, a dire il vero, era alla finestra, perché lo spettacolo era veramente spettacolare: si vedeva infatti una colonna di nuvole che partiva da Piccadilly Circus e saliva, saliva verso il cielo, allargandosi sempre di più, poi a un certo punto ricominciava a restringersi, restringersi, restringersi finché quel misterioso aereo nero – che girava in tondo – la assorbiva completamente.

Ma il professor Corbus gridò: "Nooooooo!"

Perché gridò così?

Perché lui sapeva una cosa che gli altri non sapevano, e cioè che la macchina acchiappanuvole non poteva aspirare all'infinito: a un certo punto sarebbe stata piena, e allora...

E allora?

E allora PUMMMMMMMM!

Tutta Londra fu squassata da un enorme scoppio: l'aeroplano nero si disintegrò, e tutte le nuvole uscirono di corsa rioccupando in un batter d'occhio tutto il cielo.

Finalmente quel fastidioso cielo sereno non c'era più.

"Bene," dissero gli Inglesi.

E richiusero soddisfatti le finestre.

Adesso finalmente potevano uscire con i loro cari ombrelli.

Fine della storia?

Neanche per sogno, amici miei.

Ecco quello che accadde subito dopo.

Gli Inglesi non sono affatto contenti di come è stato risolto il caso

Subito dopo accadde una cosa che nessuno aveva previsto, ma che a pensarci bene si poteva anche prevedere.

Le nuvole entrate per ultime nella macchina acchiappanuvole furono le prime a uscire, mentre le prime a entrare furono le ultime a uscire. Quelle entrate in mezzo, invece, restarono in mezzo.

Insomma, ecco il guaio: le nuvole erano uscite al contrario rispetto a come erano entrate, così il cielo sembrava essere tornato quello di prima, invece era tutto al contrario, perché le nuvole di destra erano diventate quelle di sinistra e viceversa. Solo quelle in mezzo erano tornate in mezzo, il resto era tutto ribaltato.

Voi direte: "E chi se ne frega?"

Certo, a voi – e anche a me – non importa nulla, ma agli Inglesi questa cosa importò moltissimo, e sapete perché?

Perché gli orari delle piogge risultarono tutti cambiati.

Per la precisione: si invertirono gli orari della mattina e del pomeriggio, ossia: gli orari della mattina diventarono quelli del pomeriggio, e viceversa. Così, tanto per fare un esempio, la pioggia delle 8.25 del mattino passò alle 8.25 di sera, e quella delle 8.20 di sera passò alle 8.20 del mattino.

Il guaio è che gli Inglesi sono gente molto pignola: se si è stabilito che deve piovere alle 8.25, *deve* piovere alle 8.25, e l'ombrello si apre a quell'ora, punto e stop.

Ecco perciò quello che succedeva.

Alle 8.20 del mattino cominciava a piovere, ma nessuno apriva l'ombrello e tutti si beccavano la pioggia sulla bombetta (che è il loro cappello tradizionale). Alle 8.25 smetteva di piovere, ma siccome questo era l'orario previsto per la pioggia, loro aprivano l'ombrello.

Molta gente prese il raffreddore, qualcuno

il mal di gola e vi furono ben tre casi di bronchite.

A questo punto i casi erano due:

1) o gli Inglesi si adattavano ai nuovi orari;

2) o bisognava rovesciare il cielo.

Quale di queste due imprese era la più facile? Senza dubbio la seconda: gli Inglesi non si sarebbero mai adattati al cambiamento di orario.

Wickson Alieni cerca un modo
per accontentare gli Inglesi

Subito Wickson Alieni pensò di mandare Geltrudetto a chiedere una macchina rovescia-cielo alla signora Gialtruda: quella donna ha sempre tutto, vuoi che non abbia una banale macchina rovescia-cielo?

"Niente da fare," disse Geltrudetto, mentre si mangiava una salsiccia.

"E perché?" chiese Wickson.

"Perché questa mattina (gnam gnam) la signora Gialtruda è da sua sorella (gnam). Va via solo una settimana all'anno (sgnam), ma per disgrazia la settimana (sgnam sgnam) è proprio questa."

A Wickson Alieni non restava che una carta da giocare, la sua preferita: il due di picche.

Infatti Wickson Alieni tiene sempre in tasca un

due di picche, su cui ha scritto il numero di telefono del commissario, ossia del barbiere Jackson.

"Driiin," disse il telefono di Jackson.

"Prrronto," disse Jackson.

"Poche storie, Forchettone, passami il commissario."

"Non mi chiamo Forchettone, mi chiamo Fitzsimmons," disse il barbiere, che era molto permaloso.

"Va bene, Forchettone, ti chiami Jackson."

"Ti ho detto che non mi chiamo Jackson."

"Sì, Jackson il Forchettone: tu i capelli li tagli col coltello e li pettini con la forchetta, non è vero?"

"Grrr! Meglio che ti passi il commissario, se no finisce che mangio il telefono."

Wickson chiese al commissario che fine avessero fatto Roger e Milton. Il commissario rispose che lui era sempre stato dal barbiere, e che comunque il merito dell'operazione era suo, perché lui era il commissario di Londra.

"Brutto fesso," disse Wickson, "informati subito, altrimenti gli Inglesi ti metteranno sulla forca. Non vedi che il cielo è tutto rovesciato?"

"Io non guardo mai il cielo. Qui dal barbiere non esiste il cielo," rispose il commissario.

"Vuol dire che è un barbiere da due soldi," disse Wickson.

Il commissario era così sicuro di avere risolto lui il caso che era anche sicuro che fossero già in galera. Non è che questo ragionamento fili tanto, però provo lo stesso a spiegarlo.

Dunque, ecco il suo ragionamento:

"1) Io sono il commissario di Londra, perciò i casi li risolvo io.

2) Il caso delle nuvole è stato risolto, perciò l'ho risolto io.

3) Quando un caso è risolto, i colpevoli finiscono in galera.

4) Dunque, Milton e Roger sono in galera."

Ecco perché telefonò subito alla prigione. Gli risposero che in effetti i due delinquenti si trovavano proprio lì, dato che, quando il loro aereo era scoppiato Roger e Milton si erano gettati col paracadute, ma erano finiti proprio dritti sul tetto della prigione.

SDENGGG!

Poveracci!

Entrando nella solita cella, Milton Bobbitt aveva pronunciato queste parole:

"Appena vedo quel Corbus delle mie pantofole lo faccio ai ferri."

Una macchina per rovesciare le nuvole

Corbus! Ma perché Wickson non ci aveva pensato prima?

Così, pochi minuti dopo, ecco che bussano alla porta del professor Corbus.

"Addio!" disse il professore tra sé. "Questa è la polizia che viene a prendermi perché ho aiutato due malviventi."

Invece, quando aprì, si trovò davanti un topo che stringeva nella zampa anteriore sinistra una Magnum 44, il suo revolver preferito. Quel topo era un topastro di fogna. Il suo nome era Geltrudetto Drudrén. Ed era anche mancino.

"Mi manda Wickson Alieni," disse Geltrudetto. "O inventi subito una macchina per rovesciare il cielo o finisci dritto in galera."

"Preferisco la galera!" disse il professore.

Ma poi seppe che Milton e Roger erano già in galera, e che volevano fargliela pagare, così ci ripensò e disse che preferiva inventare la macchina. Come tutti sanno, quando si è sotto il tiro di una Magnum 44 le idee vengono molto alla svelta. Infatti dopo dodici minuti la macchina era già pronta.

Geltrudetto la portò di corsa a Piccadilly Circus, dove lo aspettava Wickson Alieni. Come la macchina fu accesa, ecco uno spettacolo maestoso: tutte le nuvole si rovesciarono, e il cielo tornò a funzionare come sempre.

Tra l'altro, erano le 11.06, e mancava perciò un minuto alla consueta pioggia delle 11.07. Alle 11.07 gli Inglesi aprirono il loro ombrello e, tra la sorpresa generale, si mise a piovere davvero!

Londra, che è la città più normale del mondo, era tornata normale.

Come al solito, il commissario Frank Fellikke convocò i giornalisti dal barbiere e disse che il merito era soltanto suo. Così il giorno dopo tutti i giornali scrissero che il valoroso commissario aveva salvato Londra, mentre non aveva salvato un bel niente.

Allora quella notte, per punirlo, Wickson andò al negozio del barbiere e cambiò la serratura, così la mattina dopo il barbiere non fu in grado di aprire.

Il commissario piangeva:

"Buuuh! Buuuh! Come faccio adesso?"

Pianse tanto che gli venne la febbre, e con la febbre il suo capello se ne andò, perché non aveva mai sopportato la gente con la febbre (Filippo soffriva moltissimo il caldo).

Rimasto senza capello, il commissario fu preso dalla disperazione: infatti sognava una chioma fluente da raccogliere col codino. Voleva essere il primo commissario del mondo col codino, invece niente codino.

Così imparava a dire bugie.

E Wickson Alieni?

A lui non importa un fico secco del successo. Quando fu tutto risolto e non ci fu più bisogno di lui, se ne tornò da solo verso casa sua per fasi una bella dormita. Perché dovete sapere che Wickson Alieni si fa delle dormite davvero speciali. Ma di questo vi parlerò un'altra volta.

E così...

Nella notte di Londra, nel mese di novembre, in mezzo alla nebbia, lungo una strada di periferia male illuminata si odono dei passi – toc… toc… toc… – ma non si vede nessuno.

Chi è?

WICKSON ALIENI!

IL FURTO DELLE ARINGHE

Nella notte di Londra, nel mese di novembre, in mezzo alla nebbia, lungo una strada di periferia male illuminata si odono dei passi – toc... toc... toc... – ma non si vede nessuno.

Chi è?

WICKSON ALIENI!

Londra senza aringhe.
Perché Milton Bobbitt è un criminale

Proprio quella sera Wickson Alieni si era chiesto:

"Ma cosa sarebbe mai la nostra cara Inghilterra senza le aringhe?"

Domanda giustissima. Infatti nessun inglese è così scemo da rinunciare alla sua bella aringa ogni mattina per la prima colazione. Caffè, pane tostato imburrato, succo d'arancia, uova col bacon (cioè con la pancetta) e per finire: aringa.

Una prima colazione senza aringa a Londra non si può neanche immaginare: sarebbe come leggere un libro giallo sapendo già che mancano le ultime pagine, dove c'è il nome dell'assassino.

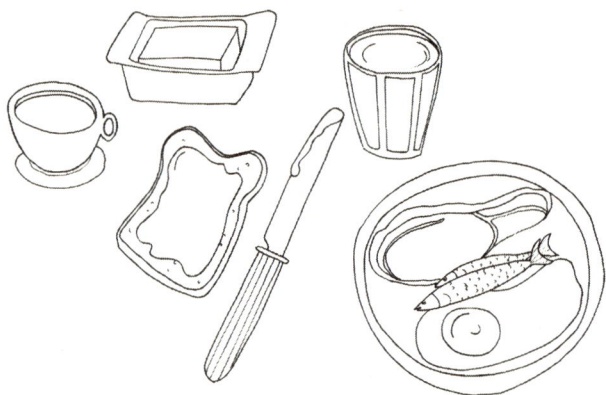

Eppure una mattina Londra si svegliò senza aringhe.

Non c'era più un'aringa.

Milioni di mogli dissero allora a milioni di mariti:

"Scendi al negozio e compra le aringhe."

Milioni di mariti scesero al negozio, ma tutti si sentirono rispondere:

"Non ne abbiamo."

Chi aveva rubato le aringhe? Nessuno a Londra lo sapeva. Io invece (che non sono di Londra) lo so: era il famigerato Roger T.L.L. In questa storia infatti non c'è Milton Bobbitt, perché a Milton Bobbitt le aringhe fanno schifo. Anzi, a questo proposito ho una storiellina da raccontarvi.

La storiellina s'intitola:

Come Milton Bobbitt
diventò un bastardo ladro delinquente

Sapete perché Milton Bobbitt decise di diventare un bastardo ladro delinquente?
Perché odiava le aringhe.
Ogni mattina, quand'era bambino, sua madre gli dava l'aringa da mangiare, e lui non la voleva.
"Ma come?" disse una volta sua madre. "Non ti piace l'aringa?"
"No," rispose Milton, scuotendo la sua testa che era già a super-pera. "L'aringa mi fa vomitare."
"Non è possibile," disse sua madre. "Un bravo Inglese mangia sempre l'aringa."

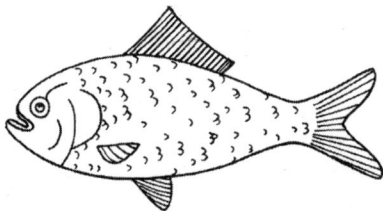

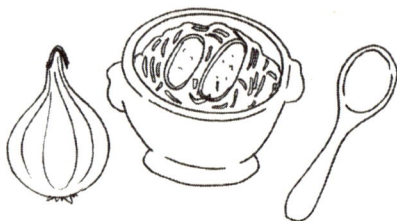

"Ah sì?" disse Milton. "Allora vorrà dire che non sono un bravo Inglese."

Da quel momento Milton, che fino ad allora era stato un bravissimo ragazzo, diventò un pericoloso criminale. Tutta colpa di sua madre che voleva fargli mangiare le aringhe.

Ecco dunque perché Milton Bobbitt in questa storia non c'entra per niente.

Voi direte: ma perché invece di fare il ladro non se ne andò via, per esempio in Francia? Anche Milton ci pensò, ma c'era un problema: un vero Francese adora la zuppa di cipolle, mentre a Milton la zuppa di cipolle faceva schifo.

Voi direte: perché non se ne andò in Italia? Perché un vero Italiano mangia spaghetti a mitraglia, mentre a Milton basta un solo spaghetto per stare male tre giorni.

Voi direte: perché non se ne andò in Germania?

Perché il vero Tedesco non rinuncerebbe mai ai krauti, mentre Milton se sentiva anche solo l'odore di un krauto gli veniva la febbre gialla.

Voi direte: perché…

Basta così. La verità è che Milton Bobbitt era un terribile schizzinoso inglese, non gli piaceva mai niente, e fu per questo che diventò un ladro inglese. Dice infatti il proverbio:

Chi fa troppo il difficile a mangiare, presto o tardi diventa un criminale.

Fine della storiellina.

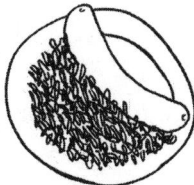

Roger T.L.L.
rapisce la bellissima Anjelica Russell.
Una magia di Wickson Alieni

Roger T.L.L. era tutto contento. Aveva rubato tutte le aringhe e le aveva messe in una grande caverna sotto il fiume Tamigi, che è il fiume di Londra. In questa caverna si entrava per mezzo di una porticina. Era una porticina nascosta nei sotterranei: nessuno l'avrebbe trovata. Ma anche se qualcuno l'avesse trovata, non avrebbe potuto entrarvi per ben due motivi:

1) la porticina era chiusa a chiave e la chiave ce l'aveva solo Roger T.L.L.;

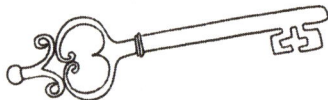

2) Roger aveva messo a guardia dell'ingresso dei sotterranei due uomini armati fino ai denti.

"R!r!r!r!" rise Roger. "Voglio vedere come farà Wickson Alieni a risolvere questo caso."

Aveva ragione a ridere: infatti per tenere lontano Wickson Alieni cosa aveva fatto? Aveva fatto rapire la sua fidanzata, Anjelica Russell. Anjelica se ne stava dunque su una sedia nella casa di Roger, legata e imbavagliata, con altri due uomini armati fino ai denti che facevano la guardia.

Quel giorno, per l'appunto, Wickson Alieni voleva andare a trovare la sua fidanzata. Telefonò a casa di Anjelica (dove c'era un telefono molto a destra) e rispose la madre, la contessa Diamantina Russell, una donna sempre tranquilla. Per la contessa Diamantina la cosa più importante del mondo è la cortesia.

"Pardon, milady; pardon, milady," squillò il telefono.

Il telefono di casa Russell infatti non faceva "Drin, drin", ma faceva "Pardon, milady; pardon, milady," perché era un telefono molto educato.

"Sì? Chi è?" disse Lady Diamantina.

"Sono Wickson Alieni. C'è Anjelica?"

"Anjelica non è in casa. È uscita," disse Lady Diamantina.

"A che ora torna?"

"Non ha lasciato detto niente. Sono venuti due gentili signori a rapirla. Erano veramente educati, sa? L'hanno legata e imbavagliata, poi l'hanno messa in un bel sacco, poi mi hanno baciato la mano, e uno di loro mi ha detto: *Mille scuse, milady*. Ora che ci penso, ecco perché Anjelica non ha detto a che ora tornava."

"Perché?"

"Perché era imbavagliata, naturalmente."

"I rapitori hanno detto qualcos'altro?"

"Sì. Hanno detto: *Il nostro capo, Roger T.L.L., le manda i suoi saluti*. Che persona deliziosa! Che vero signore!"

Ora Wickson Alieni sapeva chi aveva rapito la sua fidanzata.

Allora cosa fece? Andò dritto a casa di Roger T.L.L. ed entrò dalla porta principale. I due guardiani se ne stavano lì col mitra in mano e col pugnale tra i denti.

"Gr-r-r-r," diceva il primo.

"Gr-r-r-r," diceva il secondo.

Ma nessuno dei due guardò Wickson Alieni. Eh sì, amici: Wickson Alieni è così normale, ma così normale che nessuno lo guarda mai.

Così Wickson poté passare tra i due guardiani, che continuarono a fare "gr-r-r-r" mentre lui, tranquillamente, slegava Anjelica. A un certo punto, mentre slegava la sua bella, Wickson diede anche una gomitata a uno dei due guardiani.

"Chi è stato?" ruggì il guardiano.

"Sono stato io," disse Wickson, che si trovava a venti centimetri da lui.

"Chi, io?" tuonò il guardiano.

"Wickson Alieni," disse Wickson, che era un uomo molto sincero.

"Ah, va be'," disse il guardiano.

E anche stavolta nessuno vide Wickson, che poté uscirsene tranquillamente con la sua fidanzata.

Quando aprì la porta entrò un colpo d'aria.

"La porta!" gridò l'altro guardiano. "Cosa credete, che stiamo qua a divertirci?"

"La gente è proprio maleducata," disse il primo guardiano, quello che si era beccato la gomitata.

Poi tutti e due ripresero a fare "gr-r-r-r" e a fare la guardia a una sedia vuota.

Mentre Londra giace nella più cupa disperazione, il commissario trova il modo di fare una delle sue solite figuracce

Intanto tutta Londra era in preda alla disperazione. Ogni mattina gli Inglesi si alzavano dal letto, preparavano il latte e il caffè, imburravano le fette biscottate, disponevano i biscotti nel vassoio, friggevano le uova con la pancetta e poi... poi aprivano il frigo e facevano finta di prendere una scatoletta di aringhe, poi facevano finta di aprirla, poi facevano finta di mettere le aringhe nel piatto e infine facevano finta di mangiarsele.

Invece non c'era nulla.

Che tristezza!

Se Londra era disperata, a Londra c'era qualcuno che era ancora più disperato: il commissario Frank Fellikke. È vero che stava

dal barbiere e non al comando di polizia, ma è anche vero che le telefonate lo raggiungevano anche dal barbiere, e così il povero Fitzsimmons (questo è il vero nome del barbiere) non poteva lavorare come si deve.

"Scusa, Filippo," diceva al capello, che nel frattempo era ricresciuto perché lui era fatto così: se ne andava e tornava sulla testa del commissario come se il padrone della testa fosse lui e non il commissario (e forse aveva anche ragione), "scusa, Filippo, ma con tutte queste telefonate si fa quel che si può."

DRIN

DRIIN!

DRIIIN!!

Il commissario non ne poteva più.

"Con questa storia delle aringhe non posso più starmene dal barbiere in santa pace!" gridava.

Che fare?

Idea!

Avrebbe chiesto aiuto a Wickson Alieni.

Già. Ma come fare per raggiungere Wickson Alieni? Chissà dov'era Wickson Alieni in quel momento! Provò a chiamarlo a casa, ma non rispose nessuno. Provò a chiamarlo a casa della sua fidanzata, ma rispose Lady Diamantina:

"No, il signor Alieni qui non c'è mai, e anche se c'è io non lo vedo. Mia figlia dorme, è molto stanca, oggi l'hanno rapita. Lei sa come sono, questi rapimenti moderni: faticosissimi, non me ne parli… Eh sì, i rapitori di oggi non sono più quelli di un tempo…"

Il commissario riattaccò. Adesso sì che era veramente nei guai. Dov'era mai quel maledetto di Wickson Alieni?

A dire il vero Wickson Alieni era vicinissimo. A fianco della bottega del barbiere c'era infatti un bar. Bene, in quel preciso istante Wickson se ne stava seduto proprio a quel bar in compagnia del suo amico Geltrudetto Drudrén, il topo parlante. Wickson stava bevendo il suo solito succo di aglio e cipolla (Wickson dice che profuma l'alito), Geltrudetto beveva il suo solito succo di gorgonzola (una rara bontà).

Intanto il commissario era sempre più nervoso. Aveva appena telefonato Sua Maestà la Regina d'Inghilterra.

"Ridacci subito le aringhe," aveva ordinato la Regina.

"Ma come faccio, Maestà? Devo pensare ai miei capelli, io..."

"O ci restituisci le nostre aringhe o ti metto a pulire i gabinetti pubblici. Capito?"

Ecco perché bisognava trovare al più presto Wickson Alieni.

Allora il commissario si ricordò che Wickson aveva un amico in Cina, un certo Lin Plin Plo. Lin Plin Plo è un tipo calmo calmo: a lui interessa solo coltivare il suo orticello. Coltiva patate, carote, melanzane, e sta tutto il giorno a seminare, innaffiare e zappare. Oppure sta seduto su una seggiola e guarda le sue pianticelle crescere, e intanto pensa al Fiume Azzurro e al Fiume Giallo. Lin Plin Plo è piccolo, magro e debole, a parte il dito mignolo della mano destra, che è di una forza bestiale. È lui il migliore amico di Wickson Alieni.

"Come ho fatto a non pensarci prima?" disse il commissario. Avrebbe telefonato a Lin Plin Plo: lui sapeva senz'altro come trovare Wickson Alieni.

Già. Ma lui ce l'aveva, il numero di telefono di Lin Plin Plo?

No.

Il povero commissario era sempre più nero.

Stava già pensando di tagliarsi un dito, o peggio di mangiare una frittata (lui odia le frittate), quando d'un tratto chi ti passa davanti alla bottega?

Geltrudetto Drudrén.

"Ehi, Geltru!" gridò il commissario.

"Che c'è, vecchio capellone?" disse Geltru.

"Grazie del complimento, vecchio mio," disse il commissario.

"Cosa desidera?" chiese Geltrudetto.

"Sai per caso dov'è Wickson Alieni?"

"Certo che lo so. È qui al bar."

"Meno male. Potresti farmi un piacere?"

"Dica, signor commissario."

"Potresti chiedere a Wickson se ha il numero di telefono di Lin Plin Plo?"

"Vuole parlare col cinesino, commissario?"

"Sì, deve aiutarmi a trovare Wickson Alieni."

"Dunque," riepilogò il topastro, "lei vuole che io vada da Wickson per farmi dare il numero di telefono di Lin, poi lei telefona a Lin per farsi aiutare a trovare Wickson. È così?"

"Esatto."

A questo punto Geltru (che era molto, ma molto più intelligente del commissario) scoppiò a ridere fortissimo, fino a star male.

"Brutto maleducato!" gridò il commissario.

Il capello Filippo, stanco di avere un padrone così scemo, decise di andarsene di nuovo, e così il commissario si ritrovò di nuovo completamente calvo.

Per lui era la fine: non solo era scemo, non solo la Regina l'aveva minacciato, non solo aveva fatto una figuraccia davanti a un topa-

stro, ma aveva anche perduto il suo unico capello.

Intanto tutta la città di Londra era in preda
alla più nera disperazione.

Solo un uomo rideva:

"R!r!r!r!"

Quell'uomo era Roger T.L.L.

La Macchina-che-va-a-storie

Per poter continuare questo racconto adesso devo spiegare perché Wickson Alieni e Lin Plin Plo erano tanto amici.

Si erano conosciuti da ragazzi, nella pianura padana, nel paesino di Trombazzano – tre cascine, sei stalle, una chiesa – dove tutti e due andavano a passare le vacanze. In genere, nessuno va a passare le vacanze nella pianura padana, e specialmente a Trombazzano. Loro due invece sì.

Ora, due persone che passano le vacanze a Trombazzano devono essere un po' speciali. Come si conobbero, Wickson e Lin divennero amici. A quel tempo volevano fare gli inventori. Ma in tanti anni riuscirono a fare una sola invenzione: la Macchina-che-va-a-storie.

Era una piccola automobile simile a tante altre. Solo che, invece di andare a benzina, andava a storie. Tu le raccontavi una storia – ad esempio *Cappuccetto Rosso* – e lei andava. Finita la storia, però, bisognava cominciarne subito un'altra, se no lei si fermava.

In realtà Wickson e Lin non provarono mai a far funzionare la loro macchina, perché dopo averla finita si accorsero di non poterla usare: loro infatti avevano una paura boia delle storie. Quando la mamma raccontava *Biancaneve e i sette nani*, il piccolo Wickson nascondeva la testa sotto le coperte e piangeva. Per non parlare di Lin, che sudava freddo appena sentiva nominare la *Bella Addormentata*.

Proprio così, amici: Wickson Alieni non aveva paura dei delinquenti, ma dell'orco di *Pollicino* sì.

E poi, diciamolo francamente: non si può andare in giro con la macchina continuando a raccontare storie senza mai tirare il fiato. Vi pare?

Fu così che la Macchina-che-va-a-storie venne messa nel garage di Wickson e rimase lì per sempre. I due amici si resero conto di non essere dei bravi inventori (un bravo inventore infatti non ha paura delle fiabe) e cambiarono mestiere: Lin Plin Plo decise di coltivare l'orto, Wickson Alieni di catturare i malvagi.

Grazie ai gusti difficili
della sua macchina,
Wickson scopre il deposito delle aringhe

Perché vi ho detto questa cosa?

Perché quella notte Wickson Alieni decise di tirar fuori la Macchina-che-va-a-storie.

Era sicuro infatti che grazie alla portentosa macchina (sempre che funzionasse) sarebbe riuscito a trovare le aringhe scomparse.

In che modo?

Non ne aveva la più pallida idea. Disse soltanto:

"Cominciamo a tirar fuori la macchina. Poi vedremo cosa succede."

Già. Cosa successe?

Questo lo vedrete voi. Sentite che roba.

Quella notte Wickson Alieni aprì il box, diede una spolveratina alla macchina e poi la spinse fuori. La città era deserta, la luna splendeva in mezzo al cielo, i gatti cantavano la serenata alle loro fidanzate. Londra era davvero bellissima.

Wickson salì sulla macchina.

"Bene," disse. "È ora di cominciare."

Come girò la chiavetta, subito la macchina partì, gnèèèè!, senza aspettare che Wickson raccontasse la sua storia. Incredibile! La macchina andava! E Wickson non raccontava niente!

Com'era possibile?

La spiegazione è semplice. Quella non era una città qualunque, ragazzi, aprite bene le orecchie: quella era Londra, la città più nobile del mondo. A Londra non c'è bisogno di raccontare storie, perché le storie sono già dappertutto. A Londra tutto ha una storia: le case, i palazzi, le vie, i parchi, i ponti. Per questo la macchina andava, andava: gnèèèè. Superò il Grande Ponte (gnèèè), passò vicino a Buckingham Palace (gnèèè), poi a Westminster (gnèèè), attraversò Piccadilly Circus (gnèèè), fiancheggiò Hyde Park (ri-gnèèè). Non si fermava mai.

Wickson era meravigliato: allora la sua invenzione funzionava! E andò, andò, andò per tutte le strade di Londra, per ore, ore e ore.

A un certo punto, però, ecco quello che accadde.

La macchina si fermò di colpo.

Fece: gnìc!

E non andò più.

"Ehi, cosa c'è che non va?" disse Wickson.

Scese e cercò di spingerla. Ma lei non si voleva proprio muovere. Spinse con tutte le sue forze, ma non ci fu nulla da fare. Allora cominciò a prenderla a calci.

"Maledetta cretina, muoviti!"

SBANG! SBANG!

La macchina si era fermata in una via periferica, davanti a una porticina che conduceva ai sotterranei. Evidentemente lì non c'erano storie. O forse la storia che c'era non le piaceva. Forse, ad esempio, alla macchina non piacevano le storie violente, che parlano di furti, di rapine e di uomini armati fino ai denti.

In effetti, tanto per dirne una, davanti a quella porticina c'erano giusto due uomini armati fino ai denti.

Chi erano?

Erano due uomini di Roger T.L.L.

La macchina si era fermata perché quella storia non le piaceva.

Intanto Wickson continuava a prendere a calci la macchina.

SBANG! SBANG!

Uno dei due uomini armati disse all'altro:

"Ehi, che razza di macchina è quella?"

"Andiamo a vedere."

"Tanto non c'è nessuno."

In realtà c'era Wickson, che oltretutto faceva un baccano infernale coi suoi calci. Eppure nessuno dei due uomini lo notò. Wickson era davvero un tipo che si notava poco.

I due guardarono un po' la macchina, poi uno disse all'altro:

"Meglio tornare a fare la guardia alle aringhe."

"Che noia" disse l'altro. "Sempre aringhe, sempre aringhe..."

Intanto Wickson Alieni se ne stava lì in piedi ad ascoltare. Ora capiva perché la macchina si era fermata: dietro a quella porta c'erano le aringhe di Londra, e alla macchina non piacevano le storie che parlano di aringhe, o di uomini armati, o di tutt'e due le cose messe insieme.

Insomma, alla macchina tutta questa storia faceva veramente schifo.

Camionz, cambius o cambionz?

Non c'era tempo da perdere. Wickson Alieni salì sulla macchina e cercò di farla ripartire. Le raccontò *Cappuccetto Rosso* ma non ci fu niente da fare. Le raccontò *Pollicino*, e niente; *Alì Babà*, e niente; *Il gatto con gli stivali*, e niente.

Alla fine, però, prova e riprova, la macchina ripartì. Wickson scoprì che aveva un debole per *I vestiti dell'imperatore*. E via!, gnèèèè, la macchina andò come un fulmine fino al deposito degli autotreni.

Wickson prese un autotreno e lo guidò fino alla porticina, dove c'erano i due uomini armati fino ai denti.

"Guarda guarda," disse uno dei due. "Prima una macchina, adesso un camionz."

"Non si dice camionz, ignorante," disse l'altro.

"Ah sì?" disse il primo. "Ba, ba, ba. E allora come si dice?"

"Si dice cambius, bestione."

"Cambius? Ma non farmi ridere."

"Guai a te se ridi!"

"E invece io rido. Ah ah ah!"

"Brutto bastardo."

"Cane rognoso."

"Si dice Cambius."

"Camionz!"

"Cambius!!"

"Camionz!!!"

E lì cominciarono a picchiarsi. E mentre si picchiavano, Wickson Alieni entrò dalla porticina. C'era una lunga galleria. Cammina cammina, Wickson giunse a una specie di salone sotterraneo illuminato da molte torce appese alle pareti.

C'erano altre due porticine.

Wickson aprì la prima, ma c'era solo uno scheletro.

"Scusi," disse lo scheletro, "non avrebbe un po' di dentifricio da prestarmi?"

Wickson richiuse subito.

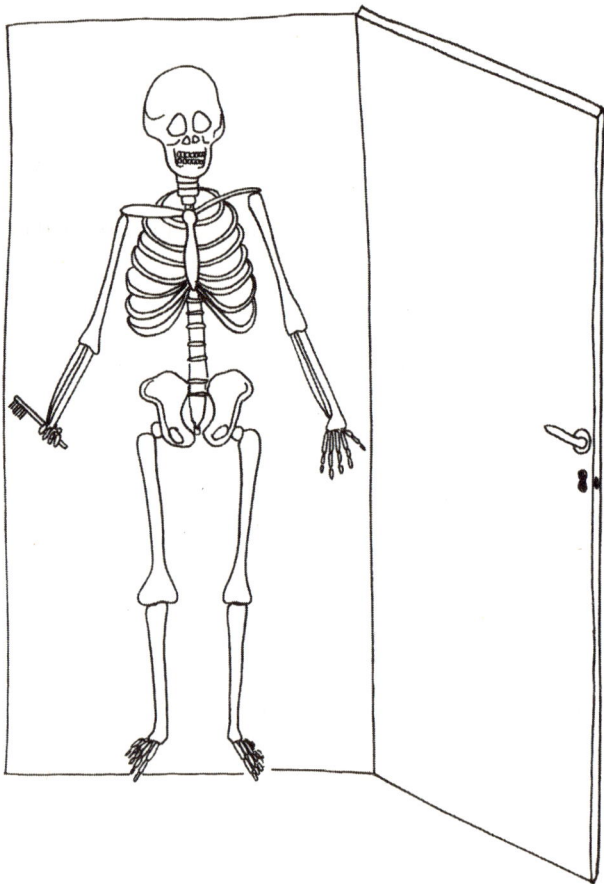

Allora aprì la seconda porta.

Era la porta delle aringhe.

Voi direte: ma non era chiusa a chiave?

La verità è che *avrebbe dovuto* essere sempre chiusa a chiave. Il fatto è che Roger T.L.L. si dimenticava sempre di chiuderla.

Wickson Alieni si ritrovò completamente al buio. I suoi passi rimbombavano: doveva essere un posto molto grande: bum... bum... bum...C'era anche una certa puzzetta nell'aria. Cosa sarà mai stato?

Con la mano, Wickson cercò l'interruttore lungo il muro.

Lo trovò e accese la luce.

"Ooooh," fece Wickson.

Vide così l'immenso deposito dove Roger T.L.L. aveva nascosto tutte le aringhe di Londra. Questo deposito purtroppo non aveva finestre (si trovava infatti sottoterra), e perciò non si poteva cambiare l'aria. Con duecentomila tonnellate di aringhe era logico che ci fosse qualche problemino di tipo olfattivo.

Wickson Alieni cominciò dunque a portar via le aringhe.

Era un vero lavoraccio, ma bisognava finirlo

entro la notte. Prese una cassa, se la mise sulle spalle e si avviò verso l'uscita.

Intanto i due uomini armati avevano smesso di litigare. Si erano messi d'accordo: non si diceva né camionz né cambius, ma cambionz. A un certo punto la porticina si aprì alle loro spalle e comparve Wickson Alieni con una cassa di aringhe.

"Permesso," disse.

"Prego," dissero i due uomini.

E lo lasciarono passare. Wickson andò a mettere la cassa nel cambionz. Poi andò a prendere un'altra cassa, e mise anche quella nel cambionz, poi un'altra e poi un'altra ancora finché tutto il cambionz fu pieno.

Wickson Alieni aveva la schiena rotta. Salì sul cambionz e portò tutta quella roba in un posto segreto che conosceva solo lui (non lo so nemmeno io). Poi tornò alla porticina per caricare di nuovo. Nel deposito c'era tanta di quella roba che avrebbe dovuto caricare il cambionz almeno seicento volte. Un po' troppe. Come avrebbe potuto farcela prima dell'alba?

Allora gli venne un'idea: chiedere aiuto a Lin Plin Plo.

Lin Plin Plo e il suo grande, inspiegabile amore per il risotto di zucca

DLIIIN! fece il telefono di Lin Plin Plo.

"Plonto, chi palla?"

"Sono Wickson."

"Ciao onolevole, cosa posso fale pel te?"

"Sono nei guai. Dovresti venire ad aiutarmi."

"Quando devo venile?"

"Subito. Devi essere qui al massimo tra venti minuti."

"Mio calo amico," disse Lin Plin Plo, "nemmeno un aeleo supelsonico alliva a Londla dalla Cina in venti minuti. E poi non posso venile lo stesso: devo innaffiale i fagioli."

"Peccato," disse Wickson. "Ho proprio qui con me un magnifico risotto di zucca."

"Lisotto di zucca?!!"

Bisogna sapere che Lin Plin Plo va pazzo per il risotto di zucca. Basta nominargli il risotto di zucca e lui non capisce più niente.

"Allivooooo!" gridò.

Wickson sentiva ancora la sua voce al telefono, e Lin era già arrivato. Tempo: ventitré secondi.

"Eccomi" disse. "Dov'è il lisotto?"

"Prima il lavoro, mio caro."

Vi domanderete come ha fatto Lin Plin Plo ad arrivare dalla Cina a Londra così in fretta. Semplice: saltando sul suo portentoso dito mignolo: poing, poing, poing, poing...

Wickson fece salire Lin sul cambionz e lo condusse alla famosa porticina.

Adesso c'era però un problema. Come si è visto, Wickson Alieni è praticamente invisibile, perché nessuno lo guarda. Grazie a questa cosa aveva potuto caricare il cambionz con tutte quelle casse di aringhe. Lin Plin Plo, invece, lo vedevano bene tutti.

Così, appena Lin si avvicinò alla porticina, subito i due uomini armati gli dissero questa frase veramente classica:

"Ehi, amico, cerchi guai?"

Allora Lin rispose con una frase ancora più classica:

"I guai li avete tlovati voi, cocchi belli."

E diede loro due ditate così forti che i poveretti, dopo un volo di dieci metri, si schiantarono contro un muro e si addormentarono così, per terra, come orsi in letargo.

Lin si caricò tutte le aringhe sul dito e le trasportò nel luogo segreto.

Poi i due andarono nel miglior ristorante di Londra (che stava aperto tutta la notte) e si fecero preparare un bidone di risotto di zucca.

Il caso viene brillantemente risolto, ma anche Roger T.L.L. ci guadagna qualcosa

La mattina dopo, Londra si svegliò di nuovo senza aringhe. Roger T.L.L. era felice.

"R!r!r!r!"

Voi vi chiederete perché mai aveva rubato le aringhe. La risposta è: per il puro piacere di rubarle.

Il furto era riuscito bene. Così almeno pensava lui.

Nessuno infatti sapeva ciò che era successo quella notte. Roger era così contento che gli era cresciuto un altro dente: adesso ne aveva 365, proprio come i giorni dell'anno. Evviva! Questo era sempre stato il suo sogno: avere un dente per ogni giorno dell'anno. Gli era sempre dispiaciuto avere solo 364 denti.

Adesso, con un dente in più, andava molto meglio.

Intanto i due guardiani si erano risvegliati e avevano ripreso il loro posto.

Come ogni mattina, Roger andò alla porticina per controllare se le aringhe c'erano ancora. Un piccolo controllo, niente di più.

"Tutto a posto, ragazzi?" disse Roger ai due guardiani.

"Tutto a posto, capo."

"Vado a dare un'occhiata."

"Vada pure, capo."

"R!r!r!r!"

Così Roger s'incamminò per il lunghissimo corridoio.

Giunse alla stanza sotterranea con le due porticine.

Per sbaglio aprì anche lui la prima e comparve il solito scheletro.

"Scusi," disse, "non avrebbe un po' di dentifricio?"

"No," disse Roger. "Io ne uso due chili per volta e me lo pappo tutto."

E richiuse la porticina.

Ma avrebbe fatto meglio a rimanere con lo

scheletro, perché quando si accorse che le aringhe non c'erano più cacciò un urlo tale che tutta Londra tremò.

"YAAAAAAAH!"

Le aringhe erano state portate via!

Dopo un attimo di desolazione, Roger T.L.L. cominciò a correre verso l'uscita. Adesso era veramente nei guai. Di certo la polizia si sarebbe messa alle sue calcagna.

All'uscita trovò due uomini armati fino ai denti.

Ma non erano i suoi uomini.

"Dove sono i miei uomini?" domandò Roger, tutto arrabbiato.

Glieli indicarono: erano in un angolo, legati come salami.

"E voi chi siete? Come vi permettete?" gridò Roger.

"Vede, amico," spiegò uno dei due, "noi saremmo, se lei permette, due poliziotti."

"E no che non permetto!" urlò Roger.

"Se non permette, dovremo farla a pugni," disse uno dei due.

E gli mostrò un pugno di quelli che non piacerebbero a nessuno.

"D'accordo," disse Roger T.L.L., che era un uomo ragionevole (cioè un fifone della miseria). "Vi permetto di essere due poliziotti."

"Allora venga con noi."

I due, che erano veri poliziotti, lo ammanettarono e lo condussero in prigione.

"Be', poco male," disse Roger. "Un piccolo guadagno l'ho fatto."

"Quale sarebbe?"

"Mi è cresciuto un altro dente."

Una punizione
per il commissario Frank Fellikke
e una delusione per Roger T.L.L.

Tutta Londra fu informata che le aringhe erano state recuperate. I cittadini di Londra erano alle stelle per la grande felicità.

Dissero:

"Bene."

E continuarono a fare quello che facevano. Gli Inglesi infatti non amano mostrare agli altri i loro sentimenti. Quando sono al massimo della contentezza dicono "bene" e sollevano un sopracciglio.

Le aringhe furono restituite, meno una piccola cassetta, che Wickson Alieni volle tenere di riserva.

"Pelché le hai tenute?" chiese Lin Plin Plo.

"Vedrai da solo," rispose Wickson.

Quello stesso giorno, il commissario Frank Fellikke convocò i giornalisti dal barbiere e disse che il merito era soltanto suo. Così il giorno dopo tutti i giornali scrissero che il valoroso commissario aveva salvato Londra, mentre non aveva salvato un bel niente.

A Londra tutti sapevano che il commissario era un bugiardo. Solo i giornalisti non lo sapevano, ma bisogna capirli: se ne stanno tutto il giorno al giornale e non vedono quello che succede nel mondo.

Quando scese la notte, Wickson e Lin salirono sul tetto della casa del commissario con le aringhe, poi le legarono una a una per la coda con uno spago e le fecero calare giù per il camino. I gatti del quartiere, sentendo il profumino di aringhe, salirono anche loro sul tetto e poi, uno alla volta, scesero giù per il camino.

"Gnao... gnaaaooo," dicevano.

Ciascun gatto prese la sua brava aringa, poi tutti scelsero il posto più comodo per mangiarsela.

Ma qual era il posto più comodo?

Il letto dove stava dormendo il commissario Frank Fellikke.

Disturbato dal baccano e dalla puzza, il com-

missario si svegliò nel cuore della notte e si vide circondato da decine e decine di occhi che lo guardavano.

Il commissario credette di essere già morto: quelli erano sicuramente gli occhi dei diavoli che erano venuti a prenderlo per tutte le bugie che aveva detto.

Provò a urlare, ma non ci riuscì: aveva troppa paura.

Intanto i gatti mangiavano tranquillamente le loro aringhe.

D'un tratto qualcuno scoppiò a ridere proprio lì dietro la finestra della sua camera.

"Ah, ah, ah!!!"

"Li riconosco," disse il commissario, "sono Wickson Alieni e Lin Plin Plo. Farabutti…"

E svenne.

Così imparava a prendersi il merito di una cosa che non aveva fatto lui.

E ora le ultime notizie:

1) Geltrudetto Drudrén festeggiò la fine di questa storia con tre belle salsicce.

2) Wickson e Lin andarono al ristorante e mangiarono un altro bidone di risotto di zucca.

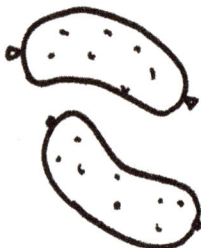

3) Lin recuperò la Macchina-che-va-a-storie. Come la accese, quella si mise a correre a tutta birra: gnèèèèè! Evidentemente la storia le era piaciuta.

4) Milton Bobbitt, che invece in questa storia non c'entra per niente, andò in carcere a trovare Roger.

"R!r!r!r!" rise Roger. "Poco male: qualcosa ci ho guadagnato lo stesso."

"Cosa?"

"Un dente."

"Un dente?"

"Sì, capo. Così adesso ho 365 denti, come i giorni dell'anno."

"Deficiente," disse Milton "Non sai che questo è un anno bisestile?"

Roger T.L.L. sbiancò.

"Vuoi dire che…"

"Esatto, mammalucco. Quest'anno ha 366 giorni."

"Oh, no!"

Roger T.L.L. svenne.

Quando si risvegliò, il dente che gli era cresciuto era caduto per il gran dispiacere.

Così in questa storia ci sono ben due persone che sono svenute: Roger T.L.L. e il commissario Frank Fellikke.

A parte loro due, tutti furono molto contenti.

Alcune principesse si sposarono con alcuni principi.

Le campane suonarono a festa.

I gabbiani accompagnarono le navi che salpavano dal porto di Londra.

La Regina disse:

"*Well.*"

Che vuol dire:

"Bene."

E per finire, non dimenticate che…

Nella notte di Londra, nel mese di novembre, in mezzo alla nebbia, lungo una strada

di periferia male illuminata si odono dei passi
– toc… toc… toc… – ma non si vede nessuno.
Chi è?
WICKSON ALIENI!

IL FURTO
DELLE CINQUE DEL POMERIGGIO

Nella notte di Londra, nel mese di novembre, in mezzo alla nebbia, lungo una strada di periferia male illuminata si odono dei passi – toc toc... toc... – ma non si vede nessuno.

Chi è?

WICKSON ALIENI!

Un ladro troppo inglese

Mentre tutti i criminali di Londra erano impegnati nel furto delle aringhe, Milton Bobbitt se ne stava a casa sua in pantofole. Ogni tanto si affacciava alla finestra per vedere che tempo faceva, poi sedeva in poltrona a leggere un bel libro.

Milton Bobbitt era così inglese, ma così inglese che quando pioveva apriva sempre l'ombrello, anche se era seduto in poltrona.

Lui sì che era un ladro raffinato! Altro che Roger T.L.L.

"Aringhe. Puah!" diceva, disgustato. "Quando farò il mio furto, allora sì che ne vedremo delle belle!"

Milton Bobbitt non era uno di quelli che

hanno sempre fretta, anzi, non aveva quasi mai fretta.

"Aspettiamo la fine di questa storia delle aringhe," disse, "poi entrerò in scena io. Intanto ne approfitterò per finire il mio libro."

E si rimetteva a leggere.

Quando stava in casa, Milton Bobbitt portava una vestaglia rossa, le pantofole e una sciarpa di seta al collo, perché era delicato di salute. L'ombrello era sempre a portata di mano. Alle cinque in punto, all'ora del tè, anche lui prendeva il tè, ma invece di prenderlo con i biscotti si preparava un bel panino con la pancetta e l'aglio e se lo mangiava fino all'ultima briciola.

E ora, una domanda: a Milton Bobbitt piacevano i panini con la pancetta e l'aglio?

Risposta: no, gli facevano schifo.

Domanda: e allora perché ne mangiava uno tutti i giorni proprio all'ora del tè?

Risposta: per fare rabbia agli Inglesi. Loro si bevevano il tè con i biscotti? Bene, lui no. E sapete perché?

Perché Milton Bobbitt non sopportava gli Inglesi. Anche se era un vero Inglese.

E sapete perché non li sopportava?

Perché per lui non erano abbastanza Inglesi.

Milton Bobbitt era così Inglese che credeva di essere l'unico vero inglese.

Però gli piaceva il tè.

A Milton Bobbitt
viene un'idea bestiale

Quando la storia delle aringhe ebbe fine, Milton Bobbitt riunì tutti i peggiori criminali di Londra in una vecchia osteria puzzolente dei bassifondi.

Nessuno avrebbe pensato di trovarlo lì.

Nessuno tranne, naturalmente, Wickson Alieni.

Come fece Wickson Alieni a sapere che si sarebbero trovati proprio lì?

Ecco come fece: lo domandò proprio a Milton Bobbitt. Incrociandolo per strada, gli chiese:

"Scusi, signor Bobbitt, le spiacerebbe dirmi dove si riuniranno tutti i peggiori criminali di Londra?"

Milton, come al solito, non vide Wickson

Alieni. Sentì che la voce veniva da destra, girò lo sguardo verso destra, ma non vide nessuno, e sapete perché?

Perché Wickson Alieni era *ancora più a destra*. Succedeva sempre così: la gente guardava a destra, si slogava persino il collo pur di guardare *molto a destra*, ma Wickson era *ancora più a destra*.

Nessuno è mai riuscito a spiegare questo fatto, e nemmeno io l'ho mai spiegato. È così e basta.

Ma torniamo alla nostra storia.

Milton Bobbitt, pur non riuscendo a vedere chi gli aveva rivolto la domanda, fu così colpito dalla gentilezza di quella voce che rispose prontamente:

"I peggiori criminali di Londra si troveranno questa sera alle nove in punto in una vecchia osteria puzzolente dei bassifondi. Il nome di quell'osteria è: VECCHIA OSTERIA PUZZOLENTE DEI BASSIFONDI."

"Grazie dell'informazione," disse Wickson.

"Non c'è di che," disse Milton.

Milton Bobbitt ricominciò a camminare da solo, domandandosi chi poteva mai essere l'uomo che gli aveva rivolto quella domanda.

"Sarà uno dei miei uomini," pensò.

No, non poteva essere uno dei suoi uomini, perché i suoi uomini erano uno più cafone e maleducato dell'altro, mentre questo qui era molto educato.

D'un tratto Milton Bobbitt si fermò e disse ad alta voce:

"Che mi venga un colpo! Quell'uomo era Wickson Alieni!"

Wickson Alieni, che era ancora lì con lui, disse:

"Esatto. Ero proprio io."

"Grazie," disse Milton Bobbitt.

E anche questa volta non lo vide.

Nell'osteria

"Ragazzi!" disse quella sera Milton Bobbitt. "Facciamo attenzione. Ho paura che questa sera tra noi ci sia Wickson Alieni."

Infatti Wickson Alieni c'era, anzi, come al solito era in prima fila, ma nessuno lo vedeva perché nessuno lo guardava.

"Certo che ci sono," disse, e alzò persino la mano.

Ma tutti continuarono a non guardarlo, compreso Milton Bobbitt, che disse addirittura:

"Bene, bene."

Chissà perché quando c'era Wickson Alieni la gente si comportava così. Evidentemente Wickson Alieni aveva qualcosa di speciale, e questo qualcosa era proprio la sua normalità.

In tutto l'universo, infatti, non c'è niente di più normale di Wickson Alieni. Wickson è *spaventosamente*, *mostruosamente*, *orribilmente* normale, e a nessuno piace guardare le cose spaventose, mostruose e orribili.

Milton Bobbitt passò quindi a illustrare il suo piano.

"Sarà il più straordinario furto della storia," disse. "Avete capito quello che vi ho detto? SARÀ IL PIÙ STRAORDINARIO FURTO DELLA STORIA!"

Si fece un grande silenzio. Tutti tacevano, il televisore venne spento, la gente che giocava a biliardo smise di giocare, e anche le macchine di fuori non passarono più. Sembrava che tutta Londra fosse lì ad ascoltare quello che Milton Bobbitt stava per dire.

"Mai è stata fatta una cosa simile," disse.

Milton Bobbitt si guardò intorno e guardò tutte quelle facce attente (meno quella di Wickson Alieni).

"NOI" disse "RUBEREMO LE CINQUE DEL POMERIGGIO."

Un *oooooh!* di meraviglia salì da tutti i presenti, che per qualche minuto non riuscirono a dire nulla: mai nessuno aveva avuto un'idea come quella.

Poi uno dei suoi compari disse timidamente:

"Scusa, capo. Come faremo a rubare le cinque del pomeriggio? Non è come rapinare una banca o come portare via i soldi a una vecchietta. Noi non abbiamo mai rubato le cinque del pomeriggio. Nessun ladro ha mai rubato le cinque del pomeriggio. Mi dici come faremo?"

Milton Bobbitt guardò uno a uno negli occhi tutti i presenti (meno Wickson Alieni).

"Voi" cominciò con calma, "questa notte entrerete in tutte le case di Londra, in tutte le scuole, nella residenza reale, nel Palazzo del Parlamento, in tutti gli uffici, in tutte le fabbriche, negli ospedali, nelle chiese, negli orfanotrofi, nelle galere, nelle officine, nei negozi, nei supermercati, nei grandi magazzini, nei gabinetti maschili e femminili – insomma, entrerete di soppiatto in tutti i posti dove c'è un orologio. Senza dimenticare i negozi di orologi, naturalmente. Nelle case dovrete guardare dappertutto: non solo sui mobili o sulle pareti, ma anche nei cassetti, sui comodini, e persino al polso di quelli che dormono. C'è un sacco di gente che

dorme senza togliersi l'orologio, e voi dovrete scovarli tutti."

"E come faremo a entrare dappertutto?" domandò l'uomo che aveva parlato prima.

"Dovrete studiarle tutte: salirete su per le grondaie come i topi, o lungo i fili della luce come i piccioni; salterete da un tetto all'altro, da un camino all'altro, come i gatti; vi arrampicherete su per le tubature, come gli scarafaggi; vi nasconderete dietro gli armadi, sotto i caloriferi, nei cassetti, nei sacchetti della spazzatura, nelle pentole, nelle lattine di birra, come i kukkurulli (disse così, ma nessuno osò chiedergli cosa fosse un kukkurullo). Diventerete topi,

vermi, cavallette. Dovrete imparare dalle lucertole a correre lungo i muri. Io voglio e vi ordino di raggiungere tutti gli orologi di Londra. I più bravi tra voi dovranno togliere le cinque anche dagli orologi digitali, dagli smartphone, da tutto! Guai a voi se ve ne lascerete scappare anche soltanto uno."

"E una volta raggiunti gli orologi cosa dovremo fare?" disse un altro. "Li rubiamo?"

"No!" gridò Milton Bobbitt. "Se scopro che avete rubato anche un solo orologio vi faccio in umido con le patate novelle. Capito? Voi dovrete fare una sola cosa: aprire gli orologi, togliere le cinque, poi richiuderli e andare via."

"E delle cinque cosa ce ne faremo?" disse un altro ancora.

Rispose Milton Bobbitt:

"Le porterete tutte a me. Tutte le cinque di Londra finiranno a casa mia."

"E a Londra cosa succederà?" domandò Wickson Alieni.

"Succederà di tutto," disse Milton. "La gente alle cinque del pomeriggio è abituata a prendere il tè. Se gli Inglesi non prendono il tè diventano pazzi. Ma il tè si prende solo alla cinque del pomeriggio. Dunque se noi rubiamo le cinque del pomeriggio la gente diventerà pazza. E la Regina…"

A questa parola, tutti i criminali si alzarono in piedi e misero una mano sul cuore. Anche i criminali, se sono Inglesi, amano l'Inghilterra (se invece sono Francesi, allora è probabile di no).

Quando si furono tutti seduti, Milton continuò:

"… e la Regina, se non vorrà che tutti gli Inglesi di Londra diventino pazzi, dovrà darci un sacco di sacchi di sterline d'oro. Allora noi restituiremo le cinque del pomeriggio. Saremo così ricchi che ce ne andremo tutti a vivere nei mari del Sud."

"Io vivo già nei mari del Sud," disse un ladro molto abbronzato, con gli occhiali scuri, il chewing-gum in bocca e la tavoletta da surf sulla spalla. "Che me ne frega, a me, di andare a vivere nei mari del Sud?"

"Tu verrai a stare a Londra," disse Milton.

"Perché a Londra?"

"Così, tanto per cambiare un po'."

"Ma io non voglio stare a Londra," disse quello.

"Ti andrebbe Venezia?"

"No."

"Firenze?"

"Neanche morto."

"Roma?"

"Ci vomito."

"Napoli?"

"Puah!"

"Un calcio nel sedere?"

"Eh?" disse il poveretto, che in un batter d'occhio fu preso e cacciato fuori dall'osteria a pedate. Si rialzò, raccattò la sua tavoletta e fece per andare alla macchina per tornare nei mari del Sud.

Invece nei mari del Sud dovette andarci a piedi, e sapete perché?

Perché nel frattempo gli avevano rubato la macchina.

Voi direte: "Ma i ladri non erano tutti nell'osteria?"

No, cari lettori. Nell'osteria c'erano solo *i peggiori* criminali di Londra. Quelli che non erano *i peggiori* erano stati lasciati fuori. E uno di loro aveva rubato la macchina del nostro povero amico. Del resto non è nemmeno un grande amico, è solo un amicuzzo, un amichino. Per farla breve, noi lo lasciamo qui, con o senza macchina. Insomma: sono affari suoi, la nostra storia deve continuare.

Londra nell'ombra

Quella notte un'ombra più buia del buio scivolò fuori dalla VECCHIA OSTERIA PUZZOLENTE DEI BASSIFONDI e si diramò per tutte le direzioni, oscurando anche l'oscurità di Londra – che è l'oscurità più oscura che ci sia. L'ombra annerì il fumo di Londra, coprì palazzi neri e strade nere, rendendoli mille volte più neri.

Ma che ombra era?

Era l'ombra di mille e mille criminali, che senza far rumore si spandevano come una macchia di petrolio per tutta la città, e salivano lungo i muri, penetravano nelle case attraverso le finestre, percorrevano le tubature dell'acqua, navigavano nelle fogne, s'infilavano dentro le grondaie, negli impianti di aria condizionata,

118

si calavano dalle ciminiere degli stabilimenti e alla fine, attraverso i rubinetti o i buchi delle serrature o mille altre cose, insomma, nei modi più pazzeschi entravano nelle case e in qualunque altro posto dove ci fossero degli orologi, e rubavano, rubavano, rubavano…

E alla fine di tutto questo rubare LONDRA NON AVEVA PIÙ LE CINQUE DEL POMERIGGIO.

Poveri Inglesi! Nessuno poté immaginare, quella notte, quello che stava succedendo.

E la mattina dopo nessuno si accorse che da tutti gli orologi mancavano le cinque. C'era l'una, c'erano le due, c'erano le tre, le quattro erano al loro posto, ma poi si passava subito alle sei, alle sette e così via.

"Ehi!" dirà qualcuno. "Ma in questo modo furono rubate anche le cinque del mattino, non solo quelle del pomeriggio."

Ebbene, è vero: con le cinque del pomeriggio saltarono via dagli orologi anche le cinque del mattino. Milton Bobbitt lo sapeva benissimo, ma la cosa non gli interessava: le cinque del mattino, disse, non servono a niente, sono poco importanti.

E no che non sono poco importanti!

Sono importantissime!

C'è un sacco di gente che si alza alle cinque del mattino, e mette la sveglia alle cinque del mattino. Me se le cinque non ci sono più, come si fa?

Ci pensarono le sveglie, che erano delle tipe sveglie.

Le sveglie decisero dunque di suonare alle quattro. Potevano scegliere anche le sei, ma agli orologi e alle sveglie di Londra non piace perdere tempo. Chi si doveva alzare alle cinque (per esempio i panettieri, o i tipografi) si alzava dunque alle quattro, ma siccome a quell'ora nessuno sta a guardare che ore sono e tutti si buttano sotto la doccia per riuscire a svegliarsi, nessuno notò questa stranezza. Se ne andavano perciò tranquilli al lavoro, meravigliandosi solo perché il cielo gli pareva un po' più buio del solito.

Solo Wickson Alieni si accorse subito che erano sparite anche le cinque del mattino.

Wickson Alieni infatti andava sempre a letto alle cinque del mattino e si svegliava alle cinque del mattino.

Sì, avete capito bene: lui andava a letto alla

stessa ora in cui si alzava. Dormiva zero ore, zero minuti e zero secondi, eppure quando si svegliava si stiracchiava e diceva: "Uaaaah! Ho fatto proprio una bella dormita!"

È uno dei soliti misteri di Wickson Alieni.

Fu soprattutto per questa ragione che Wickson Alieni decise di risolvere il caso. Infatti gli sarebbe piaciuto aspettare qualche giorno e godersi anche lui lo spettacolo degli Inglesi che non riuscivano a bere il tè. Ma c'era il problema delle cinque del mattino. Perciò Wickson Alieni pronunciò la classica frase:

"Qui ci vuole Wickson Alieni."

Gli Inglesi
restano senza le cinque del pomeriggio e così non possono più bere il tè

Prima di vedere quello che fece il nostro Wickson godiamoci almeno noi lo spettacolo degli Inglesi che non riuscivano a bere il tè.

Come vi ho detto, all'inizio nessuno si accorse che mancavano le cinque da tutti gli orologi.

Vennero le nove e qualcosa, e piovve. E tutti aprirono l'ombrello.

Venne mezzogiorno e tutti andarono a mangiare un panino.

Vennero le due e tutti si aggiustarono il nodo della cravatta.

Vennero le quattro e tutti uscirono dagli uffici in modo da essere alle cinque a casa a prendere il tè.

Alle cinque meno un quarto nessuno si era ancora accorto di niente.

In tutte le case di Londra fu preparato il tè. Venne fatta scaldare l'acqua, venne fatta scaldare la teiera, le tazzine furono disposte sulla tavola con il bricco del latte, la biscottiera, il burro, lo zucchero, i tovaglioli eccetera eccetera.

Poi l'acqua fu portata in tavola (in tutte le tavole di Londra!) e una mano esperta (milioni di mani esperte) mise il tè nella teiera.

Mancavano quattro minuti alle cinque e tutti continuavano a non accorgersi di nulla.

Ma ecco!

Come scoccarono le cinque, tutta Londra si accorse che non erano le cinque, ma le sei!

Come sarebbe a dire, le sei?

Sissignori: le sei.

Era tutto pronto, se ne stavano tutti lì tremanti con la tazzina in mano, con l'acquolina in bocca, il tè stava per scendere nelle tazze per la delizia di tutta Londra ed ecco: tac, erano già le sei.

Voi direte: non potevano berlo lo stesso, il tè?

E no che non potevano: si è mai visto un inglese che beve il tè alle sei?

Così furono rimessi a posto il burro, i biscotti, le tazze e tutto il resto, e il tè fu versato nei lavandini.

E i giorni seguenti accadde la stessa cosa: tutto a posto fino alle quattro e cinquantanove minuti, tovaglie pronte, biscotti pronti, teiera pronta, burro pronto, cucchiaini pronti quando: zac! Le sei.

E così, tutte le volte, niente tè.

I poveri Inglesi erano completamente impazziti. Senza tè, infatti, i veri Inglesi non possono sopravvivere, perché il tè è entrato nel loro sangue, che infatti non è sangue e basta, è un misto di sangue, tè e birra. Del resto, tutti i popoli hanno il sangue misto di sangue e di altre cose: un matto disse una volta che i Tedeschi (solo loro!) avevano il sangue fatto di sangue e basta, ma era una bugia che tutto il mondo pagò a caro prezzo. Gli Inglesi sono un popolo duro fatto di duri, hanno dominato il mondo per secoli e secoli grazie alla loro forza, al loro coraggio e anche grazie alla birra e al tè. Senza tè, la gente fu ben presto alla disperazione: le automobili si arrampicavano sugli alberi, le galline facevano le professoresse a scuola, gli aerei esploravano gli abissi marini e tutti volevano andare a scuola di nuoto in cima alla Grande Torre, dove non c'è nessuna scuola di nuoto.

La situazione era gravissima.

Wickson Alieni passa all'azione

Come vi ho detto, a Wickson Alieni sarebbe piaciuto divertirsi ancora un po', ma era tempo di passare all'azione.

Allora telefonò al commissario Frank Fellikke (che se ne stava come sempre dal barbiere) e gli disse: "Senta, commissario dei miei stivali: io passo all'azione."

"No!" disse il commissario. "Tu lo farai quando te lo ordinerò io, capito?"

"Ok, commissario: mi dia l'ordine."

"Wickson, ti ordino di passare all'azione."
Click.
Click.
(Questo è il rumore dei telefoni riattaccati.)
E così Wickson Alieni passò all'azione.

Ma cosa deve fare un vero investigatore per passare all'azione?

Deve cercare:

1) il movente;

2) qualche indizio.

"Uhm," disse Wickson grattandosi la schiena, mentre giocava a scacchi con Geltrudetto Drudrén nel sottoscala di casa sua. "Il movente è chiaro!"

"Già," disse Geltru. "E quale sarebbe?"

"Quale cosa?"

"Il movente."

"Che cos'è il movente?" disse Wickson, incuriosito.

Il topastro si arrabbiò.

"Ma come? L'hai detto tu adesso che il movente è chiaro!"

"Sì, è vero," si difese Wickson, "l'ho detto, ma solo perché gli investigatori dicono sempre questa frase. In realtà, non so che cos'è un movente."

E voi, cari lettori, lo sapete?

Io no.

Per fortuna lo sa Geltrudetto.

"Il movente è la ragione, lo scopo, il perché-diavolo un criminale ha fatto una certa cosa. Perché, dunque, hanno rubato le cinque del pomeriggio?"

Wickson Alieni ci pensò su un po', poi disse: "Boh."

"Vuoi dire che non lo sai?"

"Forse lo so."

"E allora spara," disse Geltru, che stava cominciando a perdere la pazienza.

"Credo che abbia rubato le cinque perché odia l'Inghilterra."

"E chi sarebbe questo ladro che odia l'Inghilterra?"

"Questo lo sanno tutti," disse Wickson. "È Milton Bobbitt."

"Ma tu" disse "sei sicuro che sia stato lui?"

"Gliel'ho chiesto io."

"E cosa ti ha risposto?"

"Che è stato lui."

A questo punto i nostri amici fecero tutta una serie di facce.

Geltru fece la faccia furba: "E se fosse una bugia? Dice il proverbio: *Chi è bugiardo è ladro*. Dunque, siccome Milton è un ladro, probabilmente è anche bugiardo. Perciò potrebbe averti raccontato una frottola."

"Na-na-na," fece Wickson, con la faccia ancora più furba di quella di Geltru. "Milton Bobbitt non lo farebbe mai."

"Perché?"

"Perché è troppo vanitoso."

Allora Geltru fece la faccia ancora più furba di quella di Wick: "E se Milton raccontasse una bugia proprio per vantarsi? In fondo rubare le cinque del pomeriggio non è un'impresa da poco."

A questo punto Wickson fece una faccia così furba che di più non si poteva: "Eh no, Geltru. Ascolta bene. Tutti sanno che Milton è un ladro, giusto?"

"Giusto."

"E perciò tutti sanno che è anche un bugiardo, giusto?"

"Giusto."

"Perciò se dicesse in giro che è stato lui solo per vantarsi nessuno gli crederebbe, tutti direbbero: *Ecco il solito bugiardo*. Giusto?"

"Giusto."

"Perciò a Milton non conviene raccontare balle, visto che non gli crede nessuno. Dunque, io sono convinto che ha detto la verità, e che il ladro delle cinque del pomeriggio è proprio lui."

Geltru cercò di fare una faccia veramente furbissima, ma dopo due o tre tentativi decise di smettere: ancora una volta, dunque, il più furbo era stato lui: WICKSON ALIENI!

"Hai vinto tu, Wick," disse.

In realtà, cari lettori, Wickson Alieni non aveva nessun bisogno di fare tutto questo ragionamento: infatti, come tutti ricorderete, aveva assistito di persona ai preparativi del colpo. Il fatto è che in quel momento non se ne ricordava più. Voi direte: ma che razza di investigatore smemorato! Ebbene sì, è smemorato, ma io che ci posso fare?

L'indizio

Purtroppo non basta sapere chi è l'autore di un furto: ci vogliono anche le prove.

Così Wickson e Geltrudetto cominciarono a girare per Londra in cerca di qualche prova, o perlomeno di qualche indizio. Gira di qua, gira di là, venne mezzogiorno e loro non avevano trovato niente di niente. In compenso avevano fame.

"Fermiamoci a mangiare qualcosa," disse Wickson.

"Già. Ma dove?"

C'erano molti bar e ristoranti da quelle parti, ma il problema era: dove si mangiava veramente bene? Geltru infatti odiava mangiare male: era un topastro di fogna, questo è vero, ma era anche molto, molto viziato.

"Io so un modo," disse Wick, "per stabilire se in un posto si mangia bene o no."

"Quale sarebbe questo modo?"

"Facile: se ci sono tanti camionisti, vuol dire che il posto è buono."

"Bel fesso," disse Geltru. "E come fai a sapere se uno è un camionista? Mica vorrai andare da tutti e chiedergli: *Mi scusi signore, lei è per caso un camionista?* Non dirmi che vorresti fare così."

"No. Basta guardar fuori dal ristorante: se ci sono i camion, vuol dire che dentro ci sono i camionisti."

"Doppio fesso. Dimentichi," fece Geltrudetto, "che qui siamo nel centro di Londra e i camion di giorno non ci possono venire."

"Be'," disse Wickson. "Facciamo così: se in un posto c'è tanta gente, vuol dire che si mangia bene."

"D'accordo."

Proprio mentre dicevano queste cose, i nostri amici videro una gran folla ammassata su un lato della via. Si sentiva anche un grandissimo

sniff sniff

venir su da quella folla. Evidentemente doveva esserci un buon profumino, tanto che Wick e Geltru pensarono: "Con tutta quella gente che annusa, ci sarà senz'altro un ristorante coi fiocchi."

Mentre si avvicinavano alla folla, sentivano frasi tipo "che delizia!", "che profumo meraviglioso!", "mai sentito niente di simile!" e così via.

"Scusi," domando Geltru a uno della folla, tirandolo per un pantalone.

Quello si girò, e come vide un topo di fogna che parlava si mise a gridare: "Aiuto!"

Allora Geltru gli disse: "Ma che cos'ha da gridare? Non ha mai visto un topo in vita sua?"

"Certo che l'ho visto."

"E io cosa sono?"

"Un topo."

"E allora si può sapere perché diavolo grida?"

Anche la gente intorno fu d'accordo con Geltru: non è il caso di gridare tanto solo perché c'è un topo. (Nessuno, lì per lì, pensò al piccolo particolare che Geltru era un topo *parlante*. E perché non ci pensò nessuno? Semplice: perché la vera specialità di Geltru è quella di far sentire la gente a proprio agio. Si chiacchiera così volentieri con lui che dopo un po' ci si dimentica persino che è un topo.)

"Insomma," disse Geltru. "Voi ve ne state tutti qui ad annusare. Mi volete dire come si chiama questo ristorante? Ho fame."

"Ma qui non c'è nessun ristorante, signore."

Ormai lo chiamavano signore.

"E allora cosa avete da annusare?"

"Provi ad annusare anche lei, signore."

Geltru si mise ad annusare, sniff, sniff, sniniff, sni-niff, e alla fine…

"Ma certo!" disse. "Wickson, lo senti anche tu?"

"Sniff, sniff, come no! Questo è tè!"

"Sì, è tè!"

Ecco perché la gente se ne stava tutta assiepata su quel punto della strada: lì vicino doveva esserci qualcuno che beveva il tè.

"Il tè a mezzogiorno?" disse Wickson. "Che schifo."

"È vero," disse Geltru. "Il tè a mezzogiorno è una ciofeca."

"Sì," disse tutta la gente in coro. "Lo sappiamo anche noi che il tè a quest'ora non va bene, ma cosa volete? È da così tanto tempo che non assaggiamo più una goccia di tè che appena ne sentiamo l'odore perdiamo il lume della ragione."

Allora Wickson disse: "Vuoi vedere che siamo sulla pista giusta?"

La prima cosa che i nostri eroi fecero fu di vedere da dove proveniva il profumo. Su quel lato della strada c'era solo un altissimo muro, e sembrava che il profumo venisse proprio da oltre quel muro.

Seguendo il muro, Wick e Geltru arrivarono a un cancello automatico con un campanello. Sul campanello c'era un nome:

"Ehi," disse Wickson Alieni. "Sono sicuro di aver già sentito questo nome."

"Altroché," disse Geltru. "È il tuo peggior nemico."

"Caspita, è vero: oggi sono distratto."

Voi vi domanderete perché Wickson in questa storia è così distratto e nelle altre storie no. La soluzione di questo mistero è molto semplice: Wickson Alieni è distratto nei giorni dispari, mentre nei giorni pari è attentissimo. Questa storia si svolge in un giorno dispari, mentre le altre no. Del resto non si poteva aspettare il giorno dopo: poteva essere troppo tardi.

Dietro quel cancello c'era dunque la villa di Milton Bobbitt. Dietro quel cancello c'erano di sicuro leoni, coccodrilli, cani feroci, e qualche centinaio di persone con i fucili puntati: Milton, infatti, amava molto starsene in pace e non voleva seccatori. Perciò il problema era: come entrare?

Ma questo per Wickson Alieni era un gioco da ragazzi: bastava suonare il campanello.

Wickson suonò e subito una voce gentile chiese: "Chi è?"

"Sono Wickson Alieni," disse il nostro eroe.

E così, sempre per il fatto strano che nessuno si accorgeva mai di lui, anche stavolta gli aprirono.

Lui entrò, passando tra leoni e tigri (che non

si accorgevano di lui), carezzando i cani sulla testa e facendo pat-pat sul muso dei coccodrilli. Al capo delle guardie diede persino una sterlina dicendogli: "Tenga, buon uomo."

E il buon uomo (che era armato con mitraglietta, fucile, pistola e pugnale) disse: "Grazie."

E lo lasciò passare senza minimamente accorgersi di lui.

Quello che Wickson Alieni
vide nella villa di Milton Bobbitt

Wick entrò dunque nella villa. Quello che vide avrebbe lasciato a bocca aperta chiunque. C'erano orologi dappertutto: piccoli, piccolissimi, medi, grandi, enormi, vecchi, nuovi, vecchiotti, brutti, belli, a cucù, a pendola, radiosveglie…

Non c'era sedia, tavolo, poltrona che non rigurgitasse di orologi. Ce n'erano anche per terra, tanto che Wickson dovette stare attento a non calpestarli.

Ma la cosa più sorprendente era che questi orologi avevano soltanto un'ora: le cinque.

Adesso sì, non c'erano dubbi: il furto era opera di Milton Bobbitt.

In casa c'era un gran profumo di tè. Sempre facendo attenzione a non calpestare gli orologi, Wickson andò in cucina e vide Milton Bobbitt intento a sorseggiarne una tazza.

"Delizioso!" diceva di tanto in tanto.

Anche a Wick venne voglia di bere una tazza di tè: allora senza tanti complimenti prese una tazza e si versò la dorata bevanda.

"Dov'è lo zucchero?" disse a Milton.

"È sul tavolo," disse Milton, senza minimamente accorgersi che lì c'era il suo peggior nemico.

"E se volessi intingere qualche biscotto?"

"Sono nella credenza, sulla destra."

Come facesse la gente a non accorgersi di Wickson è un mistero che non riuscirò mai a spiegarmi.

Dopo aver bevuto il suo tè con i biscotti, Wickson ringraziò Milton Bobbitt e se ne andò.

Uscì dalla villa e di nuovo attraversò il giardino infestato da bestiacce di ogni tipo, e nessuna bestia gli fece nulla. Nemmeno i guardiani gli fecero nulla, e questo perché?

Per il solito motivo che non voglio ripetervi.

Nella mente di Wickson Alieni la situazione era chiara. Perché Milton Bobbitt poteva bersi un buon tè in qualunque momento della giornata? Semplice: perché a casa sua erano sempre le cinque del pomeriggio. Mentre nel resto di Londra c'erano tutte le ore del giorno (ad esempio le sette e mezza, le undici, o le tre e venti) *ma non* le cinque, in quella casa tutte le altre ore non c'erano mentre erano sempre le cinque.

Una situazione così era ideale, pensò Wickson. Eh sì, Milton Bobbitt se la passava benone. Quando andava in giro per Londra, o anche soltanto in giardino, le ore erano per lui le stesse di tutti gli altri: le otto, le due, mezzogiorno. Poi, quando gli veniva voglia di bere un tè, cosa faceva? Gli bastava entrare in casa: là infatti erano sempre le cinque, così lui poteva prepararsi un bel tè col latte, i biscotti, le fettine imburrate, lo zucchero e tutto il resto. Poi, quando era stufo di tè, gli bastava farsi un giretto in giardino, o andare a fare due passi per il suo quartiere: fuori da casa sua, come detto, non erano mai le cinque, e lui non doveva più pensare al tè. Poi, quando gli tornava la voglia, zac!, di nuovo a casa, e via col tè. Eccetera eccetera.

Una bella vita, direte voi. La gente aveva dunque ragione a fermarsi lì sotto il muro del suo giardino e annusare il profumo di tè che a ogni ora del giorno usciva da quella casa.

Wickson Alieni scopre il modo di risolvere in modo brillante questo misteriosissimo caso

Eppure, qualche problemino c'era anche per Milton Bobbitt, e Wick se ne accorse ben presto. Tanto per cominciare, in quella casa erano sempre le cinque, perciò quando uno era in casa non poteva fare nient'altro che bere tè. Magari voleva farsi un panino? Leggere un buon libro? Guardarsi una partita alla TV? Niente da fare: in quella dannata casa si poteva solo bere il tè. Finché il tempo è buono – disse Wickson tra sé – tutto bene: quando sei stufo di tè, puoi sempre uscire e il problema è risolto. Ma se c'è un temporale? O se la neve ti blocca in casa? In una casa normale, non ci sarebbero problemi, ma qui? Uno sarebbe costretto a bere tè in continuazione, fino a...

"Ehi!" gridò Wickson Alieni, che nel frattempo era tornato nel suo sottoscala in compagnia dell'immancabile Geltrudetto Drudrén.

"Che c'è?" disse Geltru.

"Ho risolto il caso," disse Wick. "Ma tu devi farmi un favore."

"Sarebbe?"

"Vai dalla signora Gialtruda e chiedile se per favore ti presta un camion col cassone ribaltabile, tre sacchi di cemento e quindicimila mattoni."

Geltru, detto tra noi, non aveva nessuna voglia di farsi tutte quelle scale fino alla porta della signora Gialtruda. Ma era troppo curioso di sapere cos'era balenato in testa a quel matto di Wickson Alieni, e allora piano piano cominciò a salire i gradini: uno... due... tre...

"Oh, Geltru," disse la signora, tutta sorridente. "Cosa posso fare per te?"

Geltrudetto ripeté la richiesta di Wickson.

"Aspetta," disse la signora, "da qualche parte nello sgabuzzino devo avere quello che fa per te."

Dopo mezzo minuto, la signora Gialtruda tornò sulla porta col camion, i tre sacchi di cemento e i quindicimila mattoni. Aggiunse anche un badile, una cazzuola e una canna per l'acqua, perché se il cemento non s'impasta con l'acqua non serve a niente.

Con una certa fatica, Geltru trasportò giù per le scale tutte queste cose.

"Bene," disse Wickson "adesso possiamo andare."

Caricarono mattoni, cemento e arnesi sul cassone del camion (o camionz, o cambius, o cambionz) e partirono alla volta della villa di Milton Bobbitt.

"Ah ah ah," diceva nel frattempo Milton Bobbitt, sorseggiando una tazza di ottimo tè. "Questa volta li ho messi nel sacco. Se rivorranno indietro le loro dannate cinque, dovranno sborsare una piscina di sterline."

Ma Milton Bobbitt aveva parlato troppo presto. Infatti proprio in quel momento Wickson e Geltru arrivarono col camion. Wick suonò il campanello, gli domandarono chi era, lui rispose dicendo il proprio nome e subito gli fu aperto.

Anche stavolta nessuno si accorse di lui. A dire il vero il povero Geltru aveva una paura boia: non osando alzare la testa, faceva capolino da un bordo del finestrino. Brrrr!

Quello era il giardino degli orrori: era infatti pieno zeppo di serpenti: crotali, anaconde, boa, pitoni, cobra. Ed è ben noto che i serpenti sono dei grandi mangiatori di topi. Oltretutto Geltru era un topo molto grassoccio, di quelli che sembrano fatti apposta per far venire l'acquolina in bocca ai serpenti. La fortuna di Geltru fu di essere con Wickson: guai se si fosse avventurato da solo in quel giardino.

Giunto di fianco alla villa, Wickson scaricò

innanzitutto i mattoni. Ci fu un baccano del diavolo.

"Ehi," gridarono i guardiani, "la piantate con quei mattoni, sì o no? Non vogliamo mica diventare sordi!"

Wickson Alieni non li ascoltò nemmeno. Prese un capo della canna e domandò: "Dov'è un rubinetto per attaccare questa canna?"

"Ce n'è un po' dappertutto," gli risposero distrattamente, ma subito dopo si chiesero: "Ma chi ha parlato?"

In pochi minuti Wickson aveva preparato il cemento. Così, con l'aiuto di Geltrudetto, poté cominciare la sua opera: MURARE TUTTE LE PORTE E LE FINESTRE DELLA VILLA DI MILTON.

Il suo scopo era chiaro: voleva chiudere Milton Bobbitt nella sua villa, impedendogli di uscire. E infatti così avvenne: mentre Milton continuava a sorseggiare il suo tè, in capo a tre o quattro ore fu fatto prigioniero nella sua villa, che ora non aveva più né porte né finestre.

In questo modo la bellissima villa di Milton Bobbitt si trasformò in una trappola mortale.

Il trionfo di Wickson Alieni

Da principio Milton non fece molto caso a quello che stava succedendo, perché continuava a bere il suo tè. A un certo punto però si stufò del tè e decise di andare a farsi quattro passi in giardino.

Giunto alla porta, si accorse che era stata murata. Andò alle portefinestre, e anche quelle erano murate.

"Ohibò," disse. "E adesso cosa faccio?"

Guardò l'orologio: erano come sempre le cinque.

"Ecco cosa faccio: un bel tè."

E si preparò un nuovo tè.

Poi provò a cercare qualche finestra aperta, ma tutte le finestre erano state murate. Inoltre erano ancora le cinque e Milton Bobbitt fu obbligato a farsi un altro tè.

Finito questo tè, erano ancora le cinque, e Milton mise su un altro tè.

E lo bevve.

E poi si fece un altro tè.

E lo bevve.

E poi si fece un altro tè.

Eccetera eccetera.

Dopo molti altri tè, Milton Bobbitt si rese conto dello scherzo che gli aveva giocato il suo mortale nemico Wickson Alieni: chiudendolo in quella villa, lo obbligava a bere, bere, bere… Se Milton Bobbitt non fosse stato inglese, se la sarebbe cavata facilmente. Invece era inglese, anzi: era il ladro più inglese del mondo.

"Ohimè," disse. "Fino a quando resisterò?"

Intanto Wickson aveva chiamato la polizia. Per l'occasione era arrivato persino il commissario Frank Fellikke, che quel giorno non era dal barbiere, perché era lunedì, e il lunedì i barbieri (compreso Fitzsimmons) tengono il negozio chiuso.

Applicando un megafono al muro della villa, il commissario gridò, sparando dentro un megafono tutta la voce che aveva:

"ALLORA MILTON: TI ARRENDI SÌ O NO?"

Ma Milton non volle arrendersi subito, anche se sapeva di essere stato sconfitto. Lui infatti era un duro. Intanto però beveva tè peggio di una mucca all'abbeverata: glu glu glu glu…

"MILTON," disse ancora il commissario urlando, "SE NON TI ARRENDI ASPETTEREMO CHE TU SCOPPI. SARÀ LA MIGLIORE ESPLOSIONE DELLA MIA VITA. SARÒ COSÌ CONTENTO CHE MI SCRESCERÀ COME MINIMO UN ALTRO CAPELLO. LO CHIAMERÒ GIUSEPPE. TI PIACE IL NOME GIUSEPPE?"

Ma Milton resisteva. E beveva. Resisteva e beveva. E più resisteva più beveva. E più beveva meno resisteva. Alla fine non ce la fece più e gridò, con tutto il fiato che gli era rimasto: "BASTAAAAAA!"

Allora il commissario Frank Fellikke fece fare un buco nel muro: uscì un fiume di tè, e nel fiume c'era una grossa palla che però non era nemmeno una palla, perché era Milton Bobbitt in persona. Ma era così pieno di tè da essersi trasformato praticamente in una palla.

E Milton rotolò, rotolò, e rotolava così forte che per poco non riuscì a scappare alla polizia. Per fortuna c'era un poliziotto portiere, il capitano Mortimer, il quale, con un tuffo da campione, riuscì a bloccare a terra Milton Bobbitt e a effettuare il rilancio. Sul rilancio, il tenente O'Brien colpì Milton di controbalzo mettendo in movimento l'ispettore Flanagan. Discesa di Flanagan sulla fascia sinistra, cross al centro per la testa del commissario e GOOOL!

Grazie alla crapa pelata di Frank Fellikke, la polizia di Londra mise a segno un altro colpo magistrale. E Milton Bobbitt finì dentro il furgone diretto alla prigione di stato, perché questa è la giusta fine dei malfattori.

Solito finalino a sorpresa
con scherzetto

Vi sarete certo domandati come mai gli animali feroci non attaccarono la polizia.

Ecco perché.

Quando Wickson aveva chiamato la polizia (o la pula), quelli della pula avevano domandato: "C'è pericolo o possiamo venire in due o tre?"

"C'è pericolo," rispose Wick.

"Quale?"

"Uomini armati fino ai denti, giaguari, carri armati, serpenti a sonagli, cani assetati di sangue… Insomma, un po' di tutto."

Così i poliziotti non erano arrivati da soli: si erano portati dietro una squadra di domatori, fachiri, incantatori di serpenti. Mancava solo un domatore di rinoceronti, così il rinoceronte toccò al domatore di ippopotami. Tutti questi personaggi si comportarono benissimo (a parte il domatore di ippopotami), così la pula poté fare il suo lavoro con tranquillità.

Il giorno dopo, come al solito, su tutti i giornali di Londra campeggiava in prima pagina, in alto, un titolo a grandi caratteri:

IL NOSTRO GLORIOSO COMMISSARIO ASSICURA ALLA GIUSTIZIA IL FAMIGERATO CRIMINALE MILTON BOBBITT

Anche in questo caso, bisogna dire che la gente sapeva benissimo come si erano svolti i fatti. Quando lessero sui giornali questa fandonia tutti cominciarono a fare "buuuuuh!", e questo *buuuuh* si alzò e volò per tutta Londra. Solo i giornalisti non sapevano chi era il vero eroe, perché come detto i giornalisti stanno sempre al giornale, e parlano tra loro soltanto del giornale, e pensano solo al giornale: sono, insomma, le persone meno adatte a dire com'è fatta la realtà. Invece, guarda caso, tocca proprio a loro spiegarci la realtà. Questa è una delle cose buffe della vita, una delle tante cose alle quali bisogna abituarsi, tanto non ci si può fare nulla.

Anche Wickson Alieni lo sapeva, e non si arrabbiò molto. Però uno scherzetto il commissario se lo meritava. Ecco allora quello che fece Wickson.

Dovete sapere che non tutto era tornato alla normalità. Rimaneva da risolvere il problema del rinoceronte. Il povero domatore di ippopotami, infatti, non riusciva proprio a domare il rino, che era anche offeso – e aveva ragione: non si trattano così i rinoceronti. Sarebbe come andare al ristorante, ordinare gli spaghetti e vedersi portare il risotto.

"Perché mi ha portato il risotto?"

"Così, perché si faceva più alla svelta."

Eh no, non è il modo di fare, questo. Un rino merita un domatore di rini, punto e basta. Ecco perché il rino se ne scappava per tutta Londra, inutilmente rincorso dal domatore. Ogni tanto si vedeva passare per la City, o per Hyde Park, o a Piccadilly Circus, un rinoceronte rincorso da un domatore brocco.

Allora Wickson cosa fece? Mandò Geltrudetto dalla signora Gialtruda a chiederle se per caso avesse in casa un domatore di rinoceronti.

Ebbene sì: la signora Gialtruda aveva in casa un domatore di rinoceronti. Proprio quel giorno era venuto a trovarla suo zio Genoveffo, che guarda caso di mestiere faceva proprio il domatore di rinoceronti.

Lo zio Genoveffo corse dal rinoceronte e lo domò subito.

Poi, su richiesta di Geltru, convinse il rinoceronte a presentarsi quella notte a casa del commissario.

Quella notte, dunque, il rinoceronte si presentò alla casa del commissario Frank Fellikke e bussò delicatamente col suo corno, facendo tre grossi buchi nella porta.

"Chi è che bussa?" disse il commissario, che era appena andato a dormire (lui infatti andava a dormire molto tardi perché prima doveva farsi 257 sciampi al suo unico capello, il nostro amico Filippo).

Il commissario, non ricevendo risposta (i rini non parlano bene l'inglese), andò ad aprire.

Il resto della storia lo sanno tutti a Londra: per giorni e giorni si vide un rinoceronte rincorrere per tutta Londra un commissario di polizia con un solo capello. Questo per il commissario fu un colpo durissimo: non solo fece brutta figura di fronte a tutti, ma soprattutto non poté andare dal barbiere.

Così uno poteva girare per il centro di Londra e vedere di colpo un commissario con un solo capello sporco sbucare a tutta velocità rincorso da un rinoceronte che se la rideva sotto i baffi.

"Pietà, pietà," gridava il commissario. "Devo portare Filippo dal barbiere!"

Ma il rinoceronte non gli dava ascolto: i rini infatti non capiscono bene l'inglese.

E Wickson Alieni?

Be', come sempre al nostro invisibile amico bastò aver risolto il caso. A lui non importava di finire sui giornali, gli bastava che i malviventi finissero in galera. A lui non piacciono i riflettori, le macchine fotografiche, le interviste, e non gli piace nemmeno andare in televisione (anche perché le telecamere non saprebbero inquadrarlo.)

A Wickson Alieni, in sostanza, piace starsene per i fatti suoi, giocare a scacchi con Geltrudetto e mangiare risotto di zucca con Lin Plin Plo. Perciò…

Nella notte di Londra, nel mese di novembre, in mezzo alla nebbia, lungo una strada di periferia male illuminata si odono dei passi – toc… toc… toc… – ma non si vede nessuno.

Chi è?

WICKSON ALIENI!

MISTO
Carta da fonti gestite
in maniera responsabile
FSC® C021883

FSC
www.fsc.org

Finito di stampare nel mese di marzo 2018 presso
Grafica Veneta S.p.A.
Via Malcanton 2 - Trebaseleghe (PD)

Printed in Italy